D1997039

Für Jean-Pierre und Alain,
meus fantasticos primos do Brasil.

D.

1 | **Kapitel 1+2**
März 2017

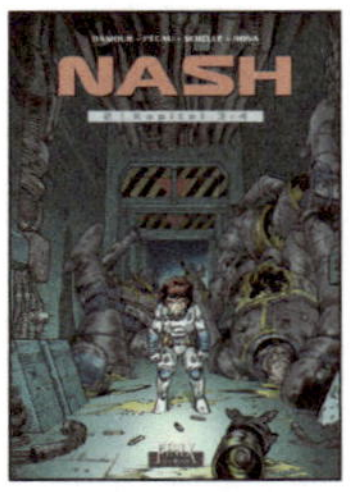

2 | **Kapitel 3+4**
Juni 2017

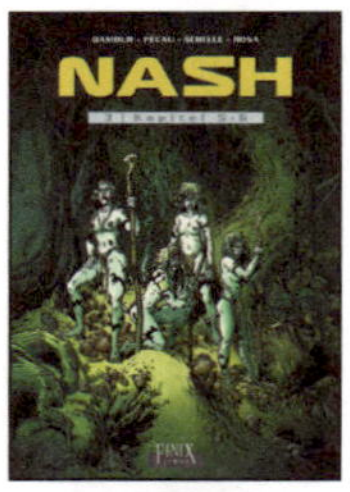

3 | **Kapitel 5+6**
Oktober 2017

4 | **Kapitel 7+8**
Februar 2018

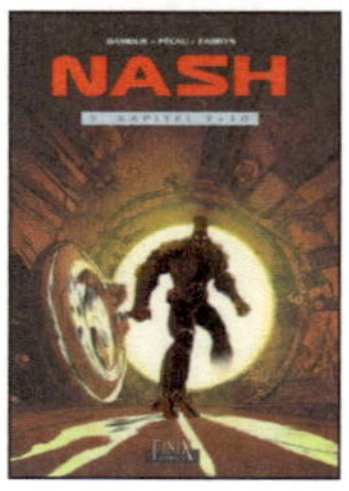

5 | **Kapitel 9+10**
in Vorbereitung

FINIX COMIC CLUB

© Finix Comics · Wiesbaden ·
1. Auflage: 700 Exemplare - Februar 2018

Aus dem Französischen von Tobias Haßdenteufel
NASH - 7. LES OMBRES
NASH - 8. LA GUERRE DES ROUGES

Originally published in French under the following title:
Nash, volumes 7 & 8, by Pécau and Damour
Copyright: © Editions Soleil - 2003/2004

Initiator & Vereinsgründer: Marc Schnackers
Clubleitung: Oliver-Frank Hornig, Rainer Heim
Lektorat: Peter Nover, Uwe Peter
Lizenz / Bearbeitung: Oliver Hornig / Horst Gotta
Layout + Covergestaltung: Kai Frenken
Lettering: Kai Frenken
Herstellung: Horst Gotta

Druck: AUMÜLLER / Buchbinderische Verarbeitung: CONZELLA

ISBN: 978-3-945270-45-5

Die Veröffentlichung dieses Albums wurde durch
die Investoren des Finix Comic Club ermöglicht.

Weitere Informationen über den Club und seine Bucheditionen unter:
www.finix-comics.de

B U C H 4

NASH

Kapitel 7: DIE SCHATTEN

Kapitel 8: DER ROTE KRIEG

Szenario

Jean-Pierre PÉCAU

Zeichnungen

DAMOUR

Kolorierung

Pierre SCHELLE & Stéphane ROSA

FINIX COMICS

BBRRRRR
WWOOOOSSSH
1
DAMOUR 2002

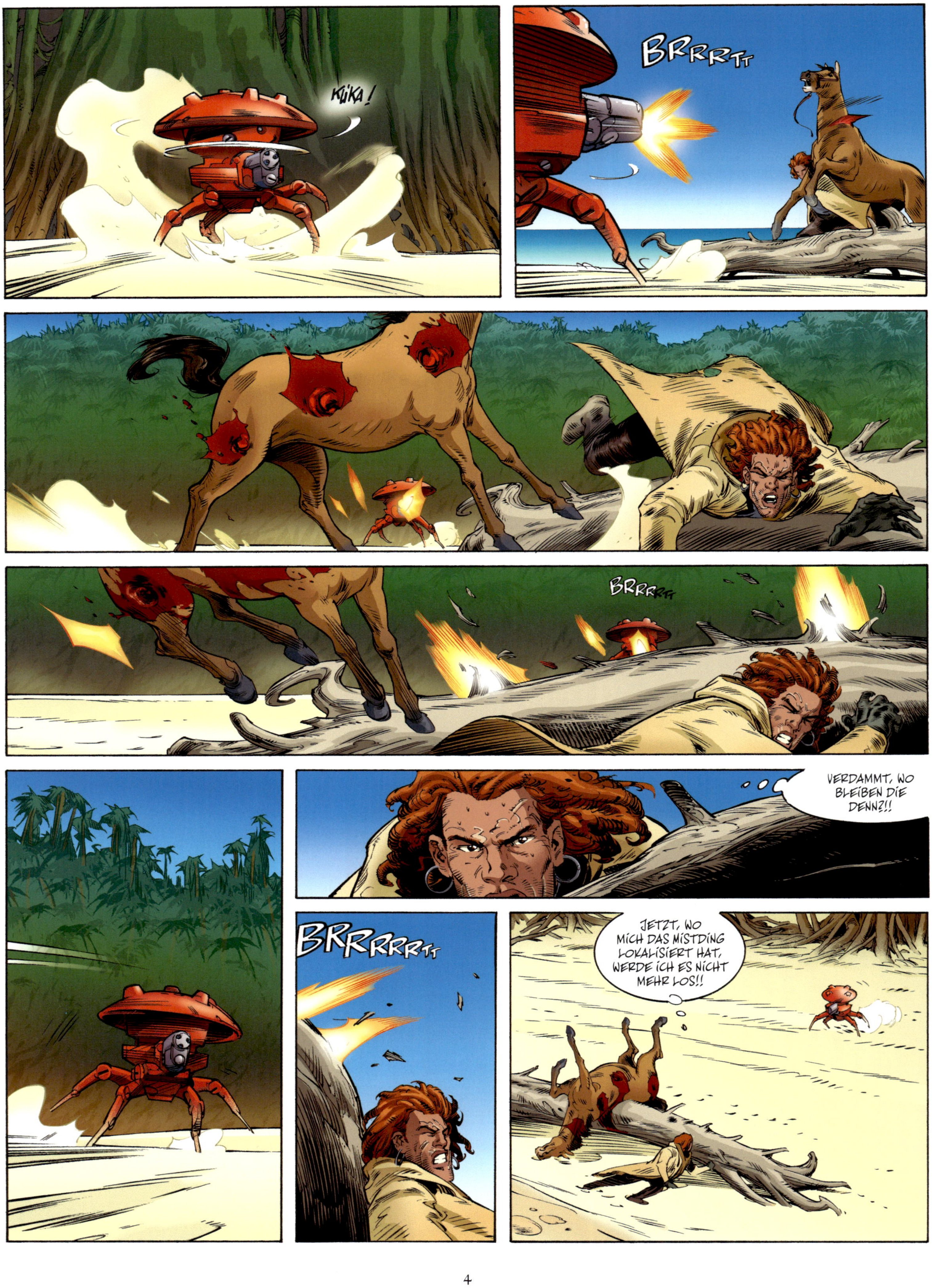
KLIKA!
BRRRRTT
BRRRRTT
VERDAMMT, WO BLEIBEN DIE DENN?!!
BRRRRRRTT
JETZT, WO MICH DAS MISTDING LOKALISIERT HAT, WERDE ICH ES NICHT MEHR LOS!!
2

SCHEEEISSE! UND DA IST SEIN KLEINER BRUDER!!
WWWOOOOSSHH
DIE KUPPEL IST GEPANZERT! KEINE CHANCE!!
CLANK!
DDZZZT
TBAAAOOOWW!
TBBAOO
DAS WAR DAS LETZTE MAL!! HABT IHR VERSTANDEN, MÄDCHEN?!! DAS LETZTE MAL, DASS ICH BEI SO WAS MITMACHE! SUCHT EUCH EINEN ANDEREN KÖDER!! MIR REICHT'S!!
SIE SETZEN IHRE DROHNEN IMMER PAARWEISE EIN. ICH HABE ABGEWARTET, BIS DIE ANDERE AUFTAUCHT...
UND WENN SIE MICH INZWISCHEN ZU GRILLFLEISCH VERARBEITET HÄTTEN?!!
AKIM, ICH KANN NICHT DAS LEBEN DER GESAMTEN TRUPPE RISKIEREN, UM EINEN AUFKLÄRER ZU RETTEN. DU SOLLTEST DAS AM EHESTEN WISSEN... DU HAST MIR DAS BEIGEBRACHT.
3

„DIE ROTE KÖNIGIN… UNBARMHERZIG UND KALT WIE STAHL… WANN IST ES DAZU GEKOMMEN, DASS DIE ZARTE AUDREY SICH IN EINE FELDHERRIN VERWANDELT HAT? ZWEIFELLOS NACH DEM VERRAT DER STÄMME… JA, DAMIT HAT ALLES ANGEFANGEN… ES WAR ERST VOR EIN PAAR WOCHEN, ABER SIE KOMMEN MIR SCHON WIE JAHRE VOR…"
WENN DIE KÖNIGIN UNSEREN SITTEN NICHT FOLGT, WERDEN DIE STÄMME GEHEN!
NA, DANN GEHT DOCH!! ICH HALTE HIER NIEMANDEN GEGEN IHREN WILLEN!! WENN DER STAMM DES HINKENDEN GOTTES SEINE UNABHÄNGIGKEIT WILL, SOLL ER SIE HABEN!
DIE KÖNIGIN IST UNGERECHT! SIE WILL UNSERE GESETZE ÄNDERN. DER WALD HAT UNS BESCHÜTZT, BEVOR SIE SICH AN DIE SPITZE DES KLEINEN VOLKS GESETZT HAT!
NIE HABEN DIE SOLDATEN SO VIELE ANGRIFFE GEWAGT… ERST SEITDEM…
SEIT WANN, KIMURA? SAG ES! SEIT MEIN VATER IM HEILIGTUM BEGRABEN WURDE? IST ES DAS, WAS DU SAGEN WILLST?
MAJESTÄT… DIE MENSCHEN DÜRFEN NICHT IM TEMPEL RUHEN. ALLE STÄMME DENKEN SO!
DANN SOLLEN SIE GEHEN!! WIR BRAUCHEN SIE NICHT! SOLLEN SIE DOCH GEHEN UND IN DEN WALD ZURÜCKKEHREN, VERFOLGT VON SCHATTEN UND SOLDATEN!!
AUDREY… VERDAMMT… WAS TUST DU DENN? WIR BRAUCHEN DIE STÄMME MINDESTENS SO SEHR, WIE SIE IHRE ROTE KÖNIGIN BENÖTIGEN…
BIST DU AUF IHRER SEITE, AKIM? DANN KANNST DU AUCH ABHAUEN…
AUDREY… DU WEISST GANZ GENAU, DASS ICH DAS NIE TUN WÜRDE!
4
DAMOUR 2012

* SIEHE KAPITEL 6.

DIESMAL KOMMEN SIE MIT ALLER MACHT! VERTEILT EUCH!! VERSTECKT EUCH IM WALD, WIR MÜSSEN DEN TEMPEL AUFGEBEN!
NEIN! NOCH NICHT... HEUTE ABEND WIRD DORT...
DAS REICHT, AUDREY! ES GIBT KEINE WIEDERGEBURT FÜR NASH! DU WIRST UNS NOCH ALLE UMBRINGEN!!
„DIE SOLDATEN GREIFEN AN!!“
BAAOOW
NEEEIN! NOCH NICHT!! BLEIBT HIER!! WIR MÜSSEN KÄMPFEN!!!

6

KOMM, AUDREY! NICHT ZURÜCK-SCHAUEN!!

DAS ENDE VON DREAMLAND...
DER TEMPEL DES KLEINEN VOLKS... ALLES VERLOREN.
DIE MEISTEN DER STÄMME KONNTEN IN DEN WALD FLIEHEN...
DIE RANGERS WERDEN SIE BIS AUF DIE LETZTE MÄNADE VERFOLGEN. OHNE DIE HILFE DES WALDES IST DAS FÜR SIE EIN KINDERSPIEL!
WIR MÜSSEN IHRE REIHEN DURCHBRECHEN UND NACH SÜDEN AUF DIE ANDERE SEITE DER GRENZE FLIEHEN... DIE LUDDITEN WERDEN UNS AUFNEHMEN!
JA, DU HAST RECHT. WIR WERDEN DEN WALD VERLASSEN UND ES IHNEN EIN LETZTES MAL ZEIGEN...
WAS MEINST DU?
MESQUITOS. WIR WERDEN MESQUITOS ZURÜCKEROBERN UND DIE DOLLYS BEFREIEN, DIE DORT FESTGEHALTEN WERDEN. WIR TREFFEN SIE GENAU INS HERZ... EIN LETZTES MAL...
DAS ÜBERLEBEN WIR NICHT...
HABE ICH ETWAS ANDERES BEHAUPTET?
8

SNIFF
ACHTUNG, DA IST JEMAND...
ICH WEISS ES NICHT... VIELLEICHT. SELTSAM...
RANGERS ?
DAS FEHLTE NOCH! KEINE MÄNADE HAT SIE GEWITTERT, DER WALD HAT NICHT REAGIERT. SIE HABEN SO GROSSE FORT-SCHRITTE GEMACHT, DER WALD KANN SIE NICHT EINMAL MEHR SPÜREN...
NEIN, DA IST ETWAS ANDERES...
ES SIND RANGERS, ABER... VERDAMMT, SPÜRST DU DAS? DAS IST SELTSAM... SIE SIND NICHT ALLEIN, DER WALD SCHWEIGT. ALS OB ER ANGST HÄTTE...
SCHATTEN...
SCHATTEN? DAS IST NUR EINE LEGENDE!!
WIR LEBEN IN SELTSAMEN ZEITEN. IN DEN STÄMMEN RUMORT ES...
SIE SPRECHEN VON DEN SCHATTEN, SEIT ICH HIER BIN. ABER ICH HABE NIE DEN GERINGSTEN BEWEIS FÜR IHRE EXISTENZ GESEHEN...
9
DAMOUR 2002

?!!
WWWOOOOOSHH
SERGEANT, WAS...
NEU FORMIEREN! WIR MÜSSEN ZURÜCK ZU DEN ANDEREN, UND ZWAR SCHNELL!
HEILIGE MUTTER GOTTES!! SERGEANT, SIE SIND...
AAAHRRRR
DELTA LEADER! ES HANDELT SICH NICHT UM DOLLYS! ICH WIEDERHOLE: ES SIND KEINE DOLLYS! OH, MEIN GOTT...

VERSCHWINDEN WIR! WENN ES WIRKLICH SCHATTEN SIND, MACHEN SIE KEINEN UNTERSCHIED ZWISCHEN DEN MENSCHEN UND DEM KLEINEN VOLK!
SCHATTEN! VERFLUCHT, AKIM, ICH WAR MIR SICHER, DASS SIE NUR EINE LEGENDE SIND, EINE ERFINDUNG DER MÄNADEN. EINE ART LOKALE VARIANTE VON WERWÖLFEN...
TJA, UND GERADE HAST DU GESEHEN, WIE EIN LOKALER WERWOLF EINE PATROUILLE VON ACHT RANGERS IN ZWEI MINUTEN AUSGELÖSCHT HAT. NICHT SCHLECHT FÜR EINE LEGENDE, ODER? BEEILEN WIR UNS, MIR LÄUFT ES KALT DEN RÜCKEN RUNTER!
ZUM ERSTEN MAL SEHE ICH, DASS SIE ANGST HABEN KÖNNEN!
ES IST DAS ERSTE MAL, DASS SICH DER WALD AUF DIE SEITE DER FEINDE STELLT...
CHARYBDIS ODER SCYLLA...
WAS?
ICH SAGTE, CHARYBDIS ODER SCYLLA... AUF DER EINEN SEITE MESQUITOS, AUF DER ANDEREN DIE SCHATTEN...
„... ES LIEGT AN UNS, WIE WIR ES ZU ENDE BRINGEN..."

WIR BRAUCHEN SICHTKONTAKT.
WAS?
EINE PATROUILLE MUSS ZUM ORT DES GESCHEHENS UND BERICHTEN, WAS SICH ABGESPIELT HAT. OB ES ÜBERLEBENDE GIBT, ZUSTAND DER LEICHEN, SPUREN UND SO WEITER...
WAS IST LOS, DOC? VERSCHWEIGEN SIE MIR ETWAS?
NEIN, ABER... HÖREN SIE, ICH BIN MIR NICHT SICHER UND MÖCHTE NICHT ZU FRÜH DRÜBER REDEN. ICH IRRE MICH BESTIMMT, ABER ICH BRAUCHE EINE BESTÄTIGUNG. ICH SCHWÖRE, DASS ICH SIE SOFORT INFORMIERE, ABER SCHICKEN SIE IN GOTTES NAMEN EINE PATROUILLE IN DIE ZONE. SIE SOLLEN VORSICHTIG SEIN UND UNS DURCHGEBEN, WAS SIE FINDEN. ABER AUF KEINEN FALL FEINDKONTAKT SUCHEN...
DOC?
JA?
WENN SIE DAS LEBEN MEINER MÄNNER AUFS SPIEL SETZEN, OHNE ES MIR ZU SAGEN, KNALLE ICH SIE HÖCHSTPERSÖNLICH AB. IST DAS KLAR?
ÄHM... ICH SCHWÖRE IHNEN, DASS... ABER... VERSTANDEN, COLONEL.
JACK, KONTAKTIEREN SIE DIE FLUSSPATROUILLE UND INFORMIEREN SIE SIE. ES DARF KEINE PANIK AUSBRECHEN, ABER SIE SOLLEN VORSICHTIG SEIN. WIR WOLLEN NUR INFORMATIONEN.
ZU BEFEHL, COLONEL!
UND JACK... SIE SOLLEN BIS AUF WEITERES JEGLICHEN KONTAKT VERMEIDEN. NICHT SCHIESSEN, WENN SIE NICHT SELBST ANGEGRIFFEN WERDEN.
GEBEN SIE MIR PROFESSOR TAYLOR... PROFESSOR? JA, ICH BIN'S... HÖREN SIE: SIE SIND DA... NEIN, ICH BIN MIR NOCH NICHT HUNDERTPROZENTIG SICHER, ABER ES GIBT DEUTLICHE HINWEISE...
... IN EIN ODER ZWEI STUNDEN WISSEN WIR MEHR...
12
DAMOUR 2012

DIESE ARSCHLÖCHER !!!
BRRRRRRRT BRRRRRRRT
SIE HABEN GERADE DELTA 2 ERLEDIGT!! NEHMT DAS!!
BRR BR
BBBRRRRTT
HHEEYY!
FEUER EINSTELLEN, DANNY!! HÖR AUF! DA SIND AUCH UNSERE MÄNNER AM UFER!!
BBRRRRT
HÖR MIT DEM MIST AUF!!
ALLES NOCH HEIL, LEUTE?
SCHEISSE, WAS IST LOS MIT EUCH?! SEID IHR TOTAL IRRE ODER WAS?!
DELTA 2 HAT'S ERWISCHT, CHEF! ES GEHT WIEDER LOS! DIE SCHLAMPEN HABEN EIN GEGENMITTEL GEFUNDEN... WIR MÜSSEN HIER VERSCHWINDEN!!
IMMER MIT DER RUHE! OKAY...
... WIR SEHEN UNS AN, WAS PASSIERT IST. BLEIBT AUF DEM FLUSS UND WARTET AUF UNS, VERSTANDEN?!
13
DAMOUR 2002

HUP! HUP!
HUP! KIMA IST NICHT DA!
HABEN SIE DAS GEHÖRT, SARGE?
POSITIV! AUF NEUN UHR...
HUP! KIMA VERSTECKT SICH... DER WALD BESCHÜTZT SIE. GUTER WALD...
FREUNDLICHER WALD!
?!!
SARGE, DA IST EINE GENAU VOR MEINER NASE. GLAUBT DIE DUMME KUH, DASS SIE UNSICHTBAR IST, ODER WAS?!
SOLL ICH SIE ABKNALLEN, SARGE?
WARTE! VIELLEICHT WEISS SIE WAS DARÜBER, WIE SIE DELTA 2 ERLEDIGT HABEN! BRING SIE HER...
HE, DU! HÄNDE HOCH! KEINE BEWEGUNG!!
?!!
MIT WEM SPRICHT DER MANN? KIMA BEWEGT SICH NICHT, DANN WIRD ER GEHEN...
KALANSKI, BRING SIE AUFS SCHIFF UND KOMM DANN WIEDER HER, ABER FIX! WIR GEHEN IN DEN SEKTOR VON DELTA 2 UND SCHAUEN NACH, OB ES ÜBERLEBENDE GIBT... BEEILUNG!!

DU BIST EIN GROSSER SOLDAT, EIN GROSSER HELD! DU KANNST UNS SEHEN, WENN WIR UNSICHTBAR SIND!!
ICH WILL DIR JA NICHT DAS HERZ BRECHEN, DU DUMME KUH, ABER DU BIST NICHT UNSICHTBAR!!
EEH? WAHR? WIRKLICH WAHR? KIMA IST NICHT UNSICHTBAR? BÖSER WALD, GEMEINER WALD! DAS KIMA ANZUTUN! ARME KIMA, IST IMMER DASSELBE!
DU BLÖDE PUPPE! JEDER HAMSTER HAT MEHR GRIPS ALS DU!!
GULP
HUP! KIMA BLEIBT HIER, SIE MAG DAS WASSER NICHT! SIE WIRD HIERBLEIBEN, GUTEN TAG!
DAS REICHT JETZT, DU VERRÜCKTE! BEWEG DICH, ODER ICH BRECHE DIR DEN ARM!
HHHHEEE DU! VERSCHWINDE! DU GEHÖRST NICHT HIERHER!
WAS?! WER... WER SPRICHT DA?!
TUMP
15

WER BIST DU? MAGST DU AUCH KEIN WASSER?
HEURGH? IST DAS EIN NAME? HEURK? HULK? JA, HULK, DAS MUSS ES SEIN, DER NAME SAGT MIR ETWAS... DU BIST EIN JÄGER, ODER? EIN JÄGER, DER SICH VERIRRT HAT WIE KIMA, JA?
HHEUUURGH !!!
HMM? WAS? ICH... ICH WEISS NICHT... WEISS NICHT MEHR... WIR... WIR DÜRFEN NICHT HIERBLEIBEN... SIE... SIE WERDEN KOMMEN UND IHN SUCHEN...
HEUUURH... ICH NEHME DAS GEWEHR UND DIE GRANATEN. BEDIEN DICH...
DANKE, JA... NEIN, DAS MAG KIMA NICHT... KIMA KANN SICH NEHMEN, WAS SIE WILL?
TCHAK!
WAS... WAS TUST DU DA?
MMMMMH... SCHOKOLADE! KIMA HAT SCHON EINMAL PROBIERT, IST SEHR GUT... DANKE, KALANSKI, DANKE!
TUP TUP TUP
ROMAN ?!
TUP TUP TUP
WORAUF WARTEST DU DENN, VERDAMMT? DER SERGEANT TOBT WIE EIN VERRÜCKTER, DAS IST NICHT DER ZEITPUNKT, UM ZUM SCHUSS ZU KOMMEN!!
???
HEURRGH... ZUM SCHUSS KOMMEN, GUTE IDEE...
RATT BRA
BRRATT

SPLATCH!
HEY!! MÄNNER! DAVID? WIR STEHEN UNTER BESCHUSS!!
RRAAAH!! NEHMT DAS, IHR SCHLAM-PEN!!
BRAATT BRAAATT BRR
UPS! KIMA GIBT DIE SCHOKOLADE ZURÜCK, VERSPROCHEN!! NEHMT!! DAS IST ALLES, WAS ÜBRIG IST! NEHMT SIE! KIMA WILL SIE NICHT MEHR! SCHOKOLADE SCHLECHT, IST SEHR SCHLECHT FÜR KIMA!!
BRRAATT
BAHOOWW!
OOOH... NA GUT, KIMA BEHÄLT DIE SCHOKOLADE. WAS MACHEN WIR JETZT?
DU MUSST... DU MUSST DEINEN STAMM WIEDERFINDEN...
DER HINKENDE GOTT? DAS IST DER STAMM VON KIMA, ABER WO IST ER HIN? KIMA WURDE GANZ ALLEIN GELASSEN, SIE WEISS ES NICHT. ARME KIMA...
HIER ENTLANG... WIR MÜSSEN HIER LANG... DEN FLUSS HINUNTER...
17

KIMA GEHT DEN FLUSS HINUNTER, ABER NICHT INS WASSER, O. K.?
WIR MÜSSEN DA RUNTER, SCHNELL!
KIMA HAT DICH NOCH NIE AM TEMPEL GESEHEN. WARST DU BEI DER ROTEN KÖNIGIN? KIMA WAR BEI DER ROTEN KÖNIGIN… LEIBWACHE IST KIMA GEWESEN…
EINE KÖNIGIN? ICH ERINNERE MICH NICHT… SCHNELL…
GENAU WIE KIMA. KIMA ERINNERT SICH AUCH NICHT IMMER, MANCHMAL JA, MANCHMAL NEIN. DIE KÖNIGIN SAGT, DAS LIEGT AN DER WIEDERGEBURT. KIMA IST ZU LANG IN DER HEILIGEN ERDE GEBLIEBEN… KIMA SCHLÄFT ZU GERNE!!
DIE WIEDERGEBURT? WAS SOLL DAS SEIN?
SO WERDEN DIE DOLLYS GEBOREN, WENN DU ES GENAU WISSEN WILLST! VORHER SIND WIR PUPPEN AUS FLEISCH, DANN LEGT MAN UNS IN DIE ERDE UND WIR KOMMEN ZURÜCK AUF DIE WELT. DANN SIND WIR KEINE PUPPEN MEHR, SONDERN KRIEGERINNEN DER STÄMME DES WALDES!
ICH… ICH SCHAFFE ES NICHT, MICH ZU ERIN…
DU MUSST EINEN ZIEMLICHEN SCHLAG AUF DEN KOPF BEKOMMEN HABEN! MANCHMAL, WENN MAN EINEN SCHLAG ABKRIEGT, VERSTEHT MAN TAGELANG NICHTS MEHR… ICH HABE EINMAL EINEN AST AUF DEN KOPF GEKRIEGT, UND WEISST DU, DANN…
NEIN, ICH HÖRE STIMMEN! DIE STIMMEN DES WALDES SPRECHEN ZU MIR…
ABER SICHER DOCH…
DAMOUR 2002

MMMMH... SCHOKOLADE...
... DANKE, SEHR GUT, DANKE... GUTEN TAG...
HHUUMPF
HILFE!! ER WILL MICH ERTRÄNKEN! ICH KANN NICHT SCHWI...
DIE PATROUILLE... SIE HÄTTEN UNS KRIEGEN KÖNNEN... DER WALD WILL NICHT, DASS SIE MICH KRIEGEN. ICH MUSS ETWAS ERLEDIGEN...
W...WAS? DER WALD HAT DICH VOR DEN SOLDATEN GEWARNT?!
DER WALD SPRICHT ZU MIR, ER FÜHRT MICH UND WACHT ÜBER MICH...
WAAAAAS?! DAS IST UNMÖGLICH, DU BIST VERRÜCKT. DER WALD SPRICHT NICHT MIT JÄGERN, AUSSERDEM SPRICHT ER MIT NIEMANDEM MEHR, NICHT MAL MIT SEINEN EIGENEN KINDERN, DEN MÄNADEN, DESHALB... DU BIST VERRÜCKT, HULK...
19

* TRISTI: ZEUGE.

DAS MEINT IHR DOCH NICHT ERNST?! SEHT IHN EUCH AN!! JETZT SEID DOCH VERNÜNFTIG! SCHWESTERN, HÖRT MICH AN... DAS IST EIN HOCHSTAPLER ODER EIN VERRÜCKTER! JÄGER KÖNNEN NIEMALS TRISTI SEIN!!
HAB VERTRAUEN IN DEN WALD, GEH DEN FLUSS HINAUF.
WIRKLICH! UND WOHIN? HÄH?! WOHIN GEHEN WIR?
FOLGT DEM WEG DER SCHATTEN...
WAS? WIE... DU ELENDER NARR, DU HAST JA KEINE AHNUNG, WAS DU DA SAGST!
ICH... JA, DU HAST RECHT... ICH WEISS ES NICHT, ABER DER WALD WEISS ES. ER SAGT, WIR MÜSSEN UMKEHREN UND DEM WEG FOLGEN, WIR MÜSSEN...
DEM WEG DER SCHATTEN! NIEMAND IST JEMALS VOM WEG DER SCHATTEN ZURÜCKGEKEHRT. WARUM SOLLTE ICH DAS TUN? KANNST DU MIR DAS SAGEN?!?
WEIL DU AN DEN WALD GLAUBST UND ER AN DICH. ICH BITTE DICH, KIMURA, HÖR AUF MICH. ICH KANN ES DIR NICHT BESSER ERKLÄREN... DU MUSST MIR GLAUBEN...
DA HAT ER RECHT... ICH GEHE AUF JEDEN FALL MIT DIR, HULK. KIMA WIRD DICH AUF DEM WEG DER SCHATTEN BEGLEITEN. KIMURA KANN ANGST HABEN, KIMA NICHT... ÄHM, JEDENFALLS NICHT SEHR VIEL. MAN WIRD LIEDER ÜBER KIMA SINGEN! KIMA UND DER GROSSE JÄGER, DAS KLINGT DOCH NETT, ODER?
SCHWEIG, DU NÄRRIN! WARUM SOLLTEN DIE SCHATTEN UNS ZU HILFE KOMMEN?
WEIL SIE ZUM WALD GEHÖREN UND IHR DIESELBEN FEINDE HABT!
KIMURA, IM SÜDEN HAT MAN SCHATTEN GESEHEN. SIE HABEN SOLDATEN ANGEGRIFFEN...
SIE HABEN HUNGER, SIE MÜSSEN SICH ERNÄHREN, UND DIE SOLDATEN SIND DABEI, DEN GANZEN WALD ZU SÄUBERN. JA, DAS KÖNNTEN SIE VERSTEHEN... VIELLEICHT... ICH GLAUBE, ICH WERDE DIR VERTRAUEN, JÄGER...
21

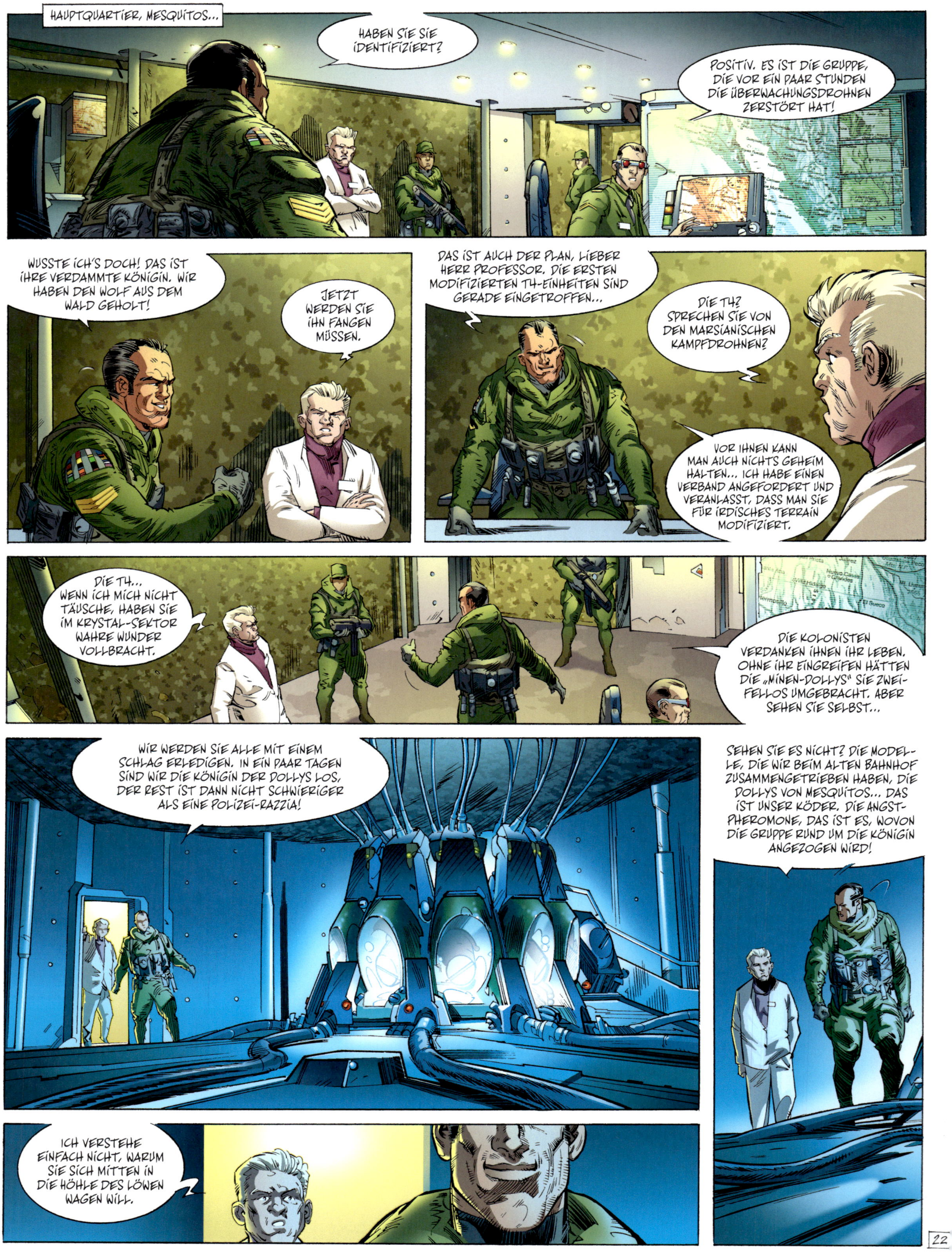
HAUPTQUARTIER, MESQUITOS...
HABEN SIE SIE IDENTIFIZIERT?
POSITIV. ES IST DIE GRUPPE, DIE VOR EIN PAAR STUNDEN DIE ÜBERWACHUNGSDROHNEN ZERSTÖRT HAT!
WUSSTE ICH'S DOCH! DAS IST IHRE VERDAMMTE KÖNIGIN. WIR HABEN DEN WOLF AUS DEM WALD GEHOLT!
JETZT WERDEN SIE IHN FANGEN MÜSSEN.
DAS IST AUCH DER PLAN, LIEBER HERR PROFESSOR. DIE ERSTEN MODIFIZIERTEN T4-EINHEITEN SIND GERADE EINGETROFFEN...
DIE T4? SPRECHEN SIE VON DEN MARSIANISCHEN KAMPFDROHNEN?
VOR IHNEN KANN MAN AUCH NICHTS GEHEIM HALTEN... ICH HABE EINEN VERBAND ANGEFORDERT UND VERANLASST, DASS MAN SIE FÜR IRDISCHES TERRAIN MODIFIZIERT.
DIE T4... WENN ICH MICH NICHT TÄUSCHE, HABEN SIE IM KRYSTAL-SEKTOR WAHRE WUNDER VOLLBRACHT.
DIE KOLONISTEN VERDANKEN IHNEN IHR LEBEN. OHNE IHR EINGREIFEN HÄTTEN DIE „MINEN-DOLLYS" SIE ZWEIFELLOS UMGEBRACHT. ABER SEHEN SIE SELBST...
WIR WERDEN SIE ALLE MIT EINEM SCHLAG ERLEDIGEN. IN EIN PAAR TAGEN SIND WIR DIE KÖNIGIN DER DOLLYS LOS, DER REST IST DANN NICHT SCHWIERIGER ALS EINE POLIZEI-RAZZIA!
SEHEN SIE ES NICHT? DIE MODELLE, DIE WIR BEIM ALTEN BAHNHOF ZUSAMMENGETRIEBEN HABEN, DIE DOLLYS VON MESQUITOS... DAS IST UNSER KÖDER. DIE ANGST-PHEROMONE, DAS IST ES, WOVON DIE GRUPPE RUND UM DIE KÖNIGIN ANGEZOGEN WIRD!
ICH VERSTEHE EINFACH NICHT, WARUM SIE SICH MITTEN IN DIE HÖHLE DES LÖWEN WAGEN WILL.
22

WOLLEN SIE DAMIT SAGEN, DAS WAR ALLES SO GEPLANT?
WAS GLAUBEN SIE DENN? WARUM HÄTTE ICH SONST HUNDERTE VON DEFEKTEN MODELLEN BEWACHEN LASSEN SOLLEN? DAMIT SIE SIE SEZIEREN KÖNNEN?
NUN... JA, ICH HATTE WIRKLICH GEGLAUBT, DASS...
UNSINN, DOC! DAS WISSEN SIE DOCH SELBST! ICH HABE NIEMALS VIEL AUF IHRE SOGENANNTE FORSCHUNGSARBEIT GEGEBEN. ICH HABE EINE MISSION ZU ERFÜLLEN, DAS IST ALLES!
TROTZDEM, ERINNERN SIE SICH NOCH AN MEIN LETZTES EXPERI-MENT?
DASS SIE EIN MARYLIN-MODELL IN SEINE EINZELTEILE ZERLEGT HABEN? NATÜRLICH, WENN SIE DAS EIN EXPERIMENT NENNEN WOLLEN... WAS IST DAMIT?
SEHEN SIE SELBST...
DAS IST DOCH NICHT DASSELBE MODELL?!?
ACH, COLONEL. VER-GLEICHEN SIE DOCH DIE TÄTOWIERUNGEN, WENN SIE MIR NICHT GLAUBEN!
SIE REGENERIEREN SICH? UNGLAUBLICH! WIE EIDECHSEN?!
SO UNGEFÄHR...
UND BIS ZU WELCHEM PUNKT?
DAS KANN MAN IM MOMENT KAUM ABSCHÄTZEN, ICH MUSS MEINE „EXPERIMENTE" NOCH ZU ENDE FÜHREN. NUN, WAS HALTEN SIE JETZT VON DER BEDEUTUNG MEINER ARBEIT?
TOUCHÉ, DOC! NA GUT, DANN MACHEN SIE SCHNELL! SCHNEIDEN SIE IHRE MODELLE IN KLEINE STÜCKCHEN UND LIEFERN SIE MIR ER-GEBNISSE. IN EIN PAAR TAGEN WIRD ES SEHR VIEL WENIGER VERSUCHSKANINCHEN GEBEN, DIE SIE UNTERS MESSER LEGEN KÖNNEN...
... ODER BEVORZUGEN SIE DIE SÄGE?
23

DAS AUGE! DAS AUGE GOTTES, DIE LEGENDEN STIMMEN ALSO. VOR LANGER ZEIT GING EIN GROSSER FEUERBALL AUF DIE ERDE NIEDER. DAS WAR DAS AUGE GOTTES.
ES ERZEUGTE EINEN GROSSEN SEE, UND AUS DIESEM SEE STIEGEN DIE ERSTEN KRIEGERINNEN DER ERSTEN STÄMME...
IST ES DAS? SIND WIR ANGEKOMMEN? DAS ENDE DES WEGS DER SCHATTEN? HULK, WAS DENKST DU? WAS IST? SIND WIR ANGEKOMMEN?
PSST!
PSST! IMMER PSST, IMMER! WARUM PSST? NIE HÖRT JEMAND AUF KIMA, ES IST IMMER DASSELBE...
DIE SARXS HABEN UNS GEWITTERT...
DIE WAS?
DIE SARXS... DIE FLEISCHESSER, DIE FÜR DIE SCHATTEN JAGEN...
JAGEN?
„WAS SOLL DAS HEISSEN? UM ZU FRESSEN? UND WAS FRESSEN SIE?!"
DICH, MICH... ALLES, WAS LEBT. WIR MÜSSEN SCHNELLER SEIN ALS SIE, LOS!!
24

HÖRT MIR GUT ZU, WIR HABEN NICHT VIEL ZEIT...
... DIE SARXS GREIFEN ZU DRITT AN, DER ANFÜHRER DER GRUPPE IMMER ALS ERSTER. TEILEN WIR UNS IN DREIERGRUPPEN AUF!
DIE SPITZE DER DREIERGRUPPE... JA, ICH ERINNERE MICH... WIR MÜSSEN... WARTET... WIR MÜSSEN NOCH ETWAS WARTEN...
JETZT!! ZURÜCK, SCHNELL!!
PSIJA!! SCHNELLER...
... JETZT LAUF DOCH!!
PUFF
PUFF
IIIIAAARRH!!!
25
DAMOUR 2002

NEIN, KIMA! BLEIB HIER UND GIB DAS SIGNAL! JETZT!!
HHRRRREEUGG
RRAAWW
FFRACH!
iiiiRRRHH
GEHT WIEDER AUF EURE POSITIONEN! SCHNELL! DREHT EUCH UM!!
RKRAAOOORG!!
LOS! KOMM SCHON! HIER BIN ICH!!
IYIIIIAHHRR

ES IST VORBEI, SIE SIND FORT. SPÜRT IHR ES NICHT? DER WALD IST WIEDER RUHIG.
ES IST VORBEI? DER STAMM HAT GEWONNEN UND DIE SCHATTEN BESIEGT?
IHR HÖRT MIR NICHT ZU. DAS WAREN SARXS, KEINE SCHATTEN. WENN SCHATTEN DEN STAMM ANGEGRIFFEN HÄTTEN, DANN WÄREN WIR JETZT ALLE TOT.
SIE HABEN JEDENFALLS GENUG ZEIT, UM DIE SCHATTEN ZU WARNEN, ODER?
DAS MÜSSEN SIE NICHT. SIE WISSEN SCHON SEIT TAGEN, DASS WIR KOMMEN.
UND WAS MACHEN WIR JETZT?
WIR MÜSSEN ZUR INSEL.
ETWA ÜBER DAS WASSER?
27

UND?
UND WAS? WAS HAST DU DENN ERWARTET? DAS IST EIN HOCHSICHERHEITSLAGER, EINE FESTUNG. MAN BRÄUCHTE SCHON EINEN GENIESTREICH, UM DA REINZUKOMMEN.
ODER EINEN RAMMBOCK...
JA, KLAR... ODER EINEN RAMMBOCK, ODER SPRENGLADUNGEN, JEDENFALLS IRGENDWAS, WAS WIR NICHT HABEN!
FALSCH. ICH HABE EINEN RAMMBOCK!
WAS, DER TRIEBWAGEN ?!
WARUM NICHT? DU HAST DIE SCHIENEN GESEHEN, SIE FÜHREN UNTER DEM TOR DURCH. DAS MUSS BEREITS EIN GEFÄNGNIS GEWESEN SEIN, BEVOR SIE EIN INTERNIERUNGSCAMP FÜR UNSERE SCHWESTERN DARAUS GEMACHT HABEN.
WIR MÜSSEN EINE BRENNSTOFFZELLE FINDEN, DANN LADEN WIR DIE LOKOMOTIVE VOLL AUF. DAS KANN FUNKTIONIEREN... VERDAMMT, DAS KANN FUNKTIONIEREN!!
UND WER WIRD SIE FAHREN?
WAS GLAUBST DU DENN? ICH BIN HIER DOCH DER LUDDIT, ODER? ICH ZERSTÖRE DIE MASCHINEN!
DAMOUR 2012.

WISSEN ALLE, WAS SIE ZU TUN HABEN?
KLANG!
ALLE UNSERE SCHWESTERN IM LAGER SIND VORGEWARNT. SIE WARTEN AUF UNSER ZEICHEN, UM ANZUGREIFEN. WIR NEHMEN DIE WACHEN VON ZWEI SEITEN UNTER BESCHUSS!
SIND SIE BEWAFFNET?
NEIN, WIE SOLLTEN SIE?
DANN STEHEN DIE WACHEN ALSO NICHT VON ZWEI SEITEN UNTER BESCHUSS. SIE MÜSSEN NUR IHRE GESCHOSSE GLEICHMÄSSIG AUF BEIDE SEITEN DES EINGANGS VERTEILEN.
SEHR ERMUTIGEND, AKIM.
WIR MÜSSEN EINEN KLAREN KOPF BEWAHREN. SELBST WENN WIR DAS TOR ÖFFNEN, MÜSSEN WIR NOCH INS INNERE...
LOS!
WAS IST LOS?
ICH HABE KEINE AHNUNG... DIESES MONSTER WILL SICH NICHT BEWEGEN, OBWOHL DAS SYSTEM AUFGELADEN IST. JETZT ABER, MÄDCHEN...
KLANG!
RUSSISCHES MODELL... HAT MIR MEIN VATER BEIGEBRACHT!
PPPSSSHHHH
ALLE AUF IHREN POSTEN! WIR TREFFEN UNS AUF DER ANDEREN SEITE!
TWWOOOOFF
29

KKBBAAOW
?!!!
BRRRAAATTT!
BBRRRAAATTT
BBRRRRTT
17

YYEEEAAAAH!!
¡¡¡YYAAAHHH
BRRRAAT
BRRT
HEYYY, IHR SCHLAMPEN! NEHMT DAS!!!
BBERRRTT
AAAAHHH
AAAAHH
SBAM!
HURRA!!
YEAH!
NORMA !!
ICH WUSSTE, DASS DU KOMMEN WÜRDEST. ICH HABE ES IHNEN IMMER WIEDER GESAGT... ICH WUSSTE ES...
VERDAMMT! WAS HABEN SIE DIR ANGETAN?
31

KIMA HASST DAS WASSER...
DIE SCHATTEN AUCH, DESHALB HIELT MAN SIE HIER. DIESER CHARAKTERZUG IST ALLEN VERTRETERN DEINER SPEZIES ZU EIGEN.
WOHER WEISST DU DAS ALLES?
ICH KANN ES NICHT SAGEN. ICH WEISS ES EINFACH. KOMM, WIR MÜSSEN HINEINGEHEN.
SIND DIE TORE DAFÜR, DASS MAN NICHT REINKOMMT?
ICH VERMUTE, ES GING EHER DARUM, DASS SIE NICHT HINAUS-KÖNNEN!
UND DAS HAT NICHT GEKLAPPT?
SIEHT SO AUS...
M&S
DIESES ZEICHEN... ICH WEISS, WAS ES BEDEUTET, ICH MUSS MICH ERINNERN... ES IST WICHTIG...
ALSO, ICH ERINNERE MICH NIE AN DIE WICHTIGEN SACHEN, DESHALB HABE ICH AUFGEHÖRT, ES ZU VERSUCHEN. UND WEISST DU WAS? KIMA SCHLÄGT SICH NICHT SCHLECHT. WANN GEHEN WIR WIEDER? HIER DRIN IST ES EKLIG...
32
DAMOUR 2002

AUA!
SIEHST DU, WAS HAT KIMA GESAGT? HIER IST ES EKLIG, WIR VERLETZEN UNS UND ES IST NIEMAND HIER, DAS STEHT FEST. HIER IST DOCH NIEMAND, ODER? WIR GEHEN, GUTEN TAG!!
WARTE... WAS SOLL DAS...
WEISS NICHT, KIMA KANN NICHT LESEN. UND NEBENBEI GESAGT, ES IST IHR AUCH EGAL!
ALSO NICHT TRÖDELN, JA?
AKTEN, VERSUCHSBESCHREIBUNGEN, DAS REICHT BIS ZU DEN AMERIKANISCHEN KRIEGEN. PLÄNE FÜR KREUZUNGEN, HYBRIDISIERUNG, DNA...
HUKKK... ICH... ICH HAB ANGST...

LOS, BEEILUNG! WIR MÜSSEN ZURÜCK IN DEN WALD. DIE RANGERS WERDEN EINE GEGENOFFENSIVE STARTEN!!
AKIM, HÖRST DU DAS? WAS IST DAS?!
GROSSER GOTT, SIE SIND SCHON DA!! AUDREY, BRING DICH IN SICHERHEIT! ALLE MÄDCHEN ZU MIR!
BRRRT BRRAATT BRRRT
BRRRAAT BRRAAAT BRRRTT
MISTKERLE! DIESE VERBRECHER HABEN DIE T4 VOM MARS GEHOLT. DIESMAL SIND WIR ERLEDIGT!
EEYYAA
NEEEIN!! ZIEHT EUCH ZURÜCK, DAS BRINGT NICHTS!!!

HINTER DIE SCHUTZMAUER! SAMMELT EUCH HINTER DER MAUER DES LAGERS !!!
WAS IST DENN HIER LOS?!?
BRRRAAAFT
BBRRFT
BRRRT.
T4, MARSIANISCHE DROHNEN! MIT EINER SCHUTZHÜLLE WIE EIN SCHWERER PANZER. WIR BRAUCHEN BAZOOKAS, UM DIE AUFZUHALTEN. SONST WERDEN WIR ABGESCHLACHTET!!!
FEUER!!
WOPM!
TTWUMP!!
OB WIR SIE GESTOPPT HABEN?
NEIN, SIE FORMIEREN SICH NUR NEU. DIE T4 WERDEN VON EINER BASIS FERNGESTEUERT. WIR HABEN NUR EIN BISSCHEN SCHROTT PRODUZIERT.
WIR MÜSSEN EINEN ANDEREN WEG FINDEN. LASST UNS EINE PATROUILLE VORSCHICKEN, DAMIT SIE EINEN FLUCHTWEG FINDET, UND ZWAR SCHNELL!!
DAS WÄRE ZU EINFACH, ODER? WIR SIND IN EINE FALLE GETAPPT.
DAS FÜRCHTE ICH AUCH. ABER WENN WIR EINE ROUTE ZURÜCK ZUM WALD FINDEN, HABEN WIR VIELLEICHT NOCH EINE CHANCE!
35

„ES IST NIEMAND DURCHGEKOMMEN..."
„BIST DU SICHER?"
DU KANNST ES BESSER SPÜREN ALS ICH, ODER? KEINE ÜBERLEBENDEN... WIR SIND VOLLKOMMEN ABGERIEGELT...
DIE FALLE SCHLIESST SICH... DAS WAR UNSERE LETZTE MÖGLICHKEIT.
JETZT SIND WIR SCHON SEIT ZWÖLF STUNDEN EINGESCHLOSSEN. BALD WERDEN UNS DIE LEBENSMITTEL AUSGEHEN, VON DER MUNITION GANZ ZU SCHWEIGEN.
SOLLEN WIR UNS ETWA ERGEBEN?!
„SIE WERDEN KEINE KAPITULATION AKZEPTIEREN. SIE SIND GEKOMMEN, UM UNS ZU VERNICHTEN. ABER ICH HABE EINE IDEE... ICH GLAUBE, DAS IST UNSERE LETZTE CHANCE..."
„WIE GESAGT, DIESE MARSIANISCHEN KAMPFDROHNEN SIND SO KONSTRUIERT, DASS SIE VON EINER BASIS AUS FERNGESTEUERT WERDEN. DIESE BASIS MÜSSEN WIR FINDEN UND ZERSTÖREN, ODER MINDESTENS SO LANGE BESETZEN, DASS ES FÜR EINE EVAKUIERUNG REICHT."
DAMOUR 2002

UND WIE WILLST DU DIESE BASIS FINDEN? DIE KÖNNTE DOCH ÜBERALL SEIN, VIELLEICHT SOGAR HUNDERTE KILOMETER WEIT WEG?!
NEIN, SIE IST GANZ IN DER NÄHE, IM HAUPTQUARTIER DER RANGERS IM ZENTRUM DER STADT.
UND WOHER WEISST DU DAS?
VON NORMA. SIE HAT DIE KAPSELN GESEHEN, VON WO AUS DIE TH VON IHREN PILOTEN GESTEUERT WERDEN.
ALS SIE MICH FÜR IHRE VERSUCHE GEHOLT HABEN... HABEN SIE MICH DURCH EINEN KONTROLLRAUM GEFÜHRT. ICH KANN IHN WIEDERFINDEN, IHR MÜSST MIR VERTRAUEN.
ABER WIE SOLLEN WIR DEN JE ERREICHEN? WIR KÖNNEN DOCH NICHT EINMAL DAS LAGER VERLASSEN!
DURCH DIE KANALISATION. ZWAR WERDEN DIE DROHNEN BESTIMMT ALLE HAUPTKANÄLE ÜBERWACHEN...
... UM EINE FLUCHT AUF DIESEM WEG ZU VERHINDERN. ABER WENN WIR GLÜCK HABEN, SIND DIE GÄNGE, DIE INS INNERE DER STADT FÜHREN, FREI.
ABER WAS, WENN DU IN EINEM DER GÄNGE EINEN TH TRIFFST? DANN GIBT ES KEIN ENTKOMMEN!
DAS KÖNNEN NUR KLEINERE MODELLE SEIN, VIELLEICHT SCHAFFEN WIR ES. ERINNERE DICH AN DEN STRAND...
EINVERSTANDEN. WIR HABEN AUCH KEINE ANDERE WAHL... WENN DIE SONNE AUFGEHT, SIND WIR ALLE TOT. DAS LÄSST EUCH SECHS ODER SIEBEN STUNDEN ZEIT.
AUDREY, WENN WIR IN DER BASIS SIND, HABE ICH NOCH EINE RECHNUNG ZU BEGLEICHEN.
DAFÜR WIRD VIELLEICHT KEINE ZEIT SEIN...
ICH VERLANGE NICHT, DASS IHR AUF MICH WARTET!
37

IHR MÜSST ZURÜCKKOMMEN...
... IHR SEID JETZT ALLES, WAS WIR HABEN.
BIST DU SICHER, DASS DU DEN WEG FINDEST? SCHLIESSLICH...
MACH DIR KEINE SORGEN, ICH FINDE IHN...
UND WIE?
MIT DER ANGST... UND DEN SCHMERZEN...
WAS?!
DIE GEFOLTERTEN DOLLYS...
... SIE STOSSEN MASSENWEISE ANGST-PHEROMONE AUS, ICH KANN SIE HIER SCHON WAHRNEHMEN. KEINE SORGE, ICH FINDE DIE BASIS MIT GESCHLOSSENEN AUGEN. JEDE DOLLY KÖNNTE DAS...

SSCHH!
!!!
BAW!
ACHTUNG! DAS IST EINE FALLE!!
BAAOOW!!
GEH, ICH KOMME NACH...
SSCHHHHH!
... SUCH EINEN ANDEREN WEG!!
BOW
BAOW!
39
DAMOUR 2002

BAW!
ACHTUNG, DIE DROHNEN HABEN ZWEI INDIVIDUEN LOKALISIERT. AUS-SCHWÄRMEN!
DER IST ERLEDIGT!
BRAAATT
ACHTUNG !!
DEM PLAN ZUFOLGE IST DAS EINE SACKGASSE. SIE SITZT WIE EINE RATTE IN DER FALLE!

SIE HABEN NICHT DIE GERINGSTE CHANCE! WERFEN SIE DIE WAFFE WEG UND KOMMEN SIE MIT ERHOBENEN HÄNDEN RAUS !!
DA KÖNNT IHR LANGE DRAUF WARTEN! LOS, KOMMT SCHON!
SSCHHHH
IHR MÜSST MICH SCHON HOLEN KOMMEN, HÖRT IHR?!
KLIK
FÜR GAIA...
FAHRT ZUR HÖLLE...
41

MEINE KÖNIGIN, UNSERE WACHTPOSTEN HABEN EXPLOSIONEN AUS RICHTUNG STADTMITTE GEHÖRT.
TROTZDEM SIND DIE DROHNEN IMMER NOCH AKTIV.
JA, ABER...
NEIN, KEIN ABER. SIE SIND TOT. WENN SIE ES GESCHAFFT HÄTTEN, WÄREN DIE DROHNEN AUSSER BETRIEB.
LOS! ES HAT KEINEN SINN, LÄNGER ZU WARTEN. WIR WERDEN IHNEN ZEIGEN, WIE DOLLYS STERBEN. KEINE KAPITULATION UND KEINE GNADE.
ALLE OHNE WAFFEN FOLGEN DENEN, DIE WELCHE HABEN. WENN SIE GETÖTET WERDEN, NEHMEN DIE ANDEREN DIE WAFFE AUF. IGNORIERT DIE T4, WIR KÖNNEN NICHTS GEGEN SIE AUSRICHTEN. KONZENTRIERT EUCH AUF DIE MÄNNER. FÜR EINE DOLLY MÜSSEN SECHS RANGERS STERBEN. UND LASST KEINE VERWUNDETEN ZURÜCK, IHR WISST, WAS SIE MIT IHNEN MACHEN!
ES IST VORBEI, DAS GEBIET IST GESÄUBERT. SIE HATTEN RECHT, DOC, DIE PHEROMONE HABEN SIE ANGEZOGEN WIE MOTTEN DAS LICHT. ES IST AN DER ZEIT, IN DIE OFFENSIVE ZU GEHEN.
DENKEN SIE DARAN, ICH BRAUCHE AUDREY LEBEND.
ICH HALTE MICH AN UNSERE ABMACHUNG, DOC. DIE ROTE KÖNIGIN WIRD NICHT GETÖTET.
PILOTEN, STARTET DIE DROHNEN! LÖSCHT DIESE PUPPEN EIN FÜR ALLEMAL AUS!
COLONEL, ICH HABE UNBEKANNTE OBJEKTE AUF DEM SCHIRM, DIE SICH UNS NÄHERN. ICH KANN NICHT ERKENNEN, WAS ES SEIN KÖNNTE.
VIELLEICHT SIND EIN PAAR DER T4 KAPUTT, ZEIGEN SIE HER.
NEIN, DAFÜR SIND SIE ZU GROSS UND ZU SCHNELL...
GROSSER GOTT!! DIE KOMMEN AUS DEM WALD!! SEHEN SIE DAS NICHT?? DIE KOMMEN AUS DEM WALD!!!

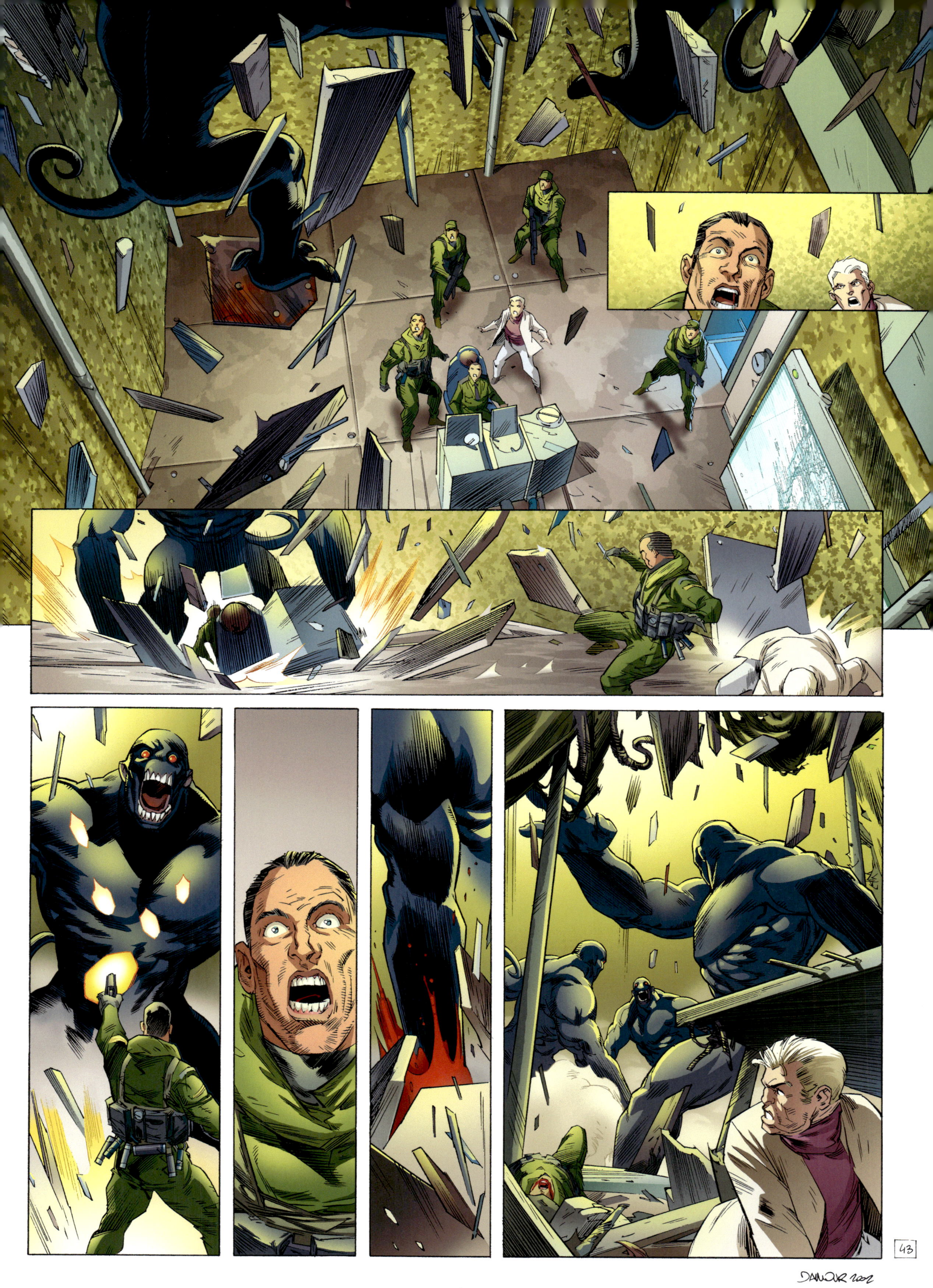
43
DAMOUR 2012

MEINE KÖNIGIN, ES IST NICHT ZU FASSEN! DIE ROBOTER WURDEN ALLE DEAKTIVIERT, SIE SIND AUSSER BETRIEB. DER WEG IST FREI!
DAS IST DAS ENDE DEINER REISE, SCHLÄCHTER... DU UND ICH, WIR HABEN NOCH EINE RECHNUNG OFFEN...
44

HURRA!
NEIN! DAS IST UNMÖGLICH...
MEIN GOTT, AUDREY, ICH DACHTE SCHON, WIR KÄMEN NICHT MEHR RECHTZEITIG!
PAPA?! BIST DU ES WIRKLICH? DU LEBST? ICH WUSSTE ES... DU HAST DIE INITIATION ÜBERSTANDEN...?!
MEHR ODER WENIGER... ALS DIE RANGERS DAS HEILIGTUM ANGRIFFEN, BEFAND ICH MICH IN EINEM SELTSAMEN ZUSTAND. ICH BIN IN DEN WALD GEFLÜCHTET, ABER ICH WUSSTE NICHT MEHR, WO ICH WAR. DANN HAT DER WALD ZU MIR GESPROCHEN, ICH HABE DIE GEGENWART DER SCHATTEN GESPÜRT UND ICH WUSSTE, DASS ICH SIE ÜBERZEUGEN MUSSTE, UNS ZU HELFEN...
!!
DIE SCHATTEN? DAS WAR EINE LEGENDE DER DOLLYS...
IN JEDER LEGENDE STECKT EIN FÜNKCHEN WAHRHEIT.
WO HAST DU SIE GEFUNDEN?
AUF EINER LABORINSEL. ZUSAMMEN MIT EIN PAAR ANDEREN DINGEN, DIE UNS BETREFFEN...
AUDREY, HAST DU DICH NIEMALS GEFRAGT, WARUM DU SO SCHNELL WÄCHST UND WOHER DEINE KRÄFTE KOMMEN?
DURCH DEN WALD ?
NEIN, DER WALD IST TEIL EINES GRÖSSEREN SYSTEMS, DAS SCHON VOR LANGER ZEIT ENTWORFEN WURDE, LANG VOR DEINER GEBURT.
ENTWORFEN? ABER VON WEM?!
45

AKTEN ÜBER DICH... UND ÜBER MICH.
VON EINEM WISSENSCHAFTLER. WÄHREND DER AMERIKANISCHEN KRIEGE WOLLTE ER SUPERSOLDATEN ENTWICKELN. ICH HABE DIE AKTEN IM LABOR GEFUNDEN.
ÜBER DICH? ABER WIESO?
ICH WURDE AUSGEWÄHLT... MIT DEINER MUTTER. WIR WAREN GENAUSO VERSUCHSKANINCHEN WIE DU... UND WAS WIR ZUR WELT BRINGEN SOLLTEN, WAR... EIN EXPERIMENT.
WAS? ICH WAR EIN EXPERIMENT ?!!
JETZT VERSTEHST DU, WARUM ICH DIESEN FORSCHER FINDEN WILL. ER ALLEIN KANN UNS HELFEN ZU VERSTEHEN, WAS DU BIST. WIR MÜSSEN AUFBRECHEN, UM IHN ZU SUCHEN.
!!
DIE ROTE KÖNIGIN GEHT?!! SIE VERLÄSST IHR VOLK?!
NEIN! AUDREY GEHT, DIE ROTE KÖNIGIN GIBT ES NICHT MEHR. UND IHR BRAUCHT SIE NICHT MEHR!
IHR MÜSST EINE ANFÜHRERIN AUS EUREN REIHEN WÄHLEN. KIMURA HATTE RECHT, NUR EINE DOLLY SOLLTE DOLLYS REGIEREN. VEREINT DIE STÄMME, WÄHLT EURE ANFÜHRERINNEN UND VERHANDELT MIT DEN MENSCHEN.
VERHANDELN?! SIE WOLLEN UNS AUSROTTEN!!
MIT DEN SCHATTEN AN EURER SEITE WERDEN SIE SICH DAS ZWEIMAL ÜBERLEGEN. AUSSERDEM HATTEN SIE ANGST. WENN ICH WEG BIN, WERDEN SIE KEINE ANGST MEHR HABEN.
UND WARUM NICHT?
WEIL ICH ES BIN, DIE SIE FÜRCHTEN.
ENDE DES ZWEITEN ZYKLUS.
DAMOUR PECAU SCHELLE ROSA

WAS SOLL AUS UNS WERDEN?
WIE GESAGT: WIR MACHEN UNS AUF DIE SUCHE NACH DEM WISSEN-SCHAFTLER.
ABER WIE? UND WIE SOLLEN WIR IHN JEMALS FINDEN? M&S HAT SPIONE AUF ALLEN KONTINENTEN!
DORT WERDEN WIR IHN AUCH NICHT SUCHEN...
DAMOUR 2002

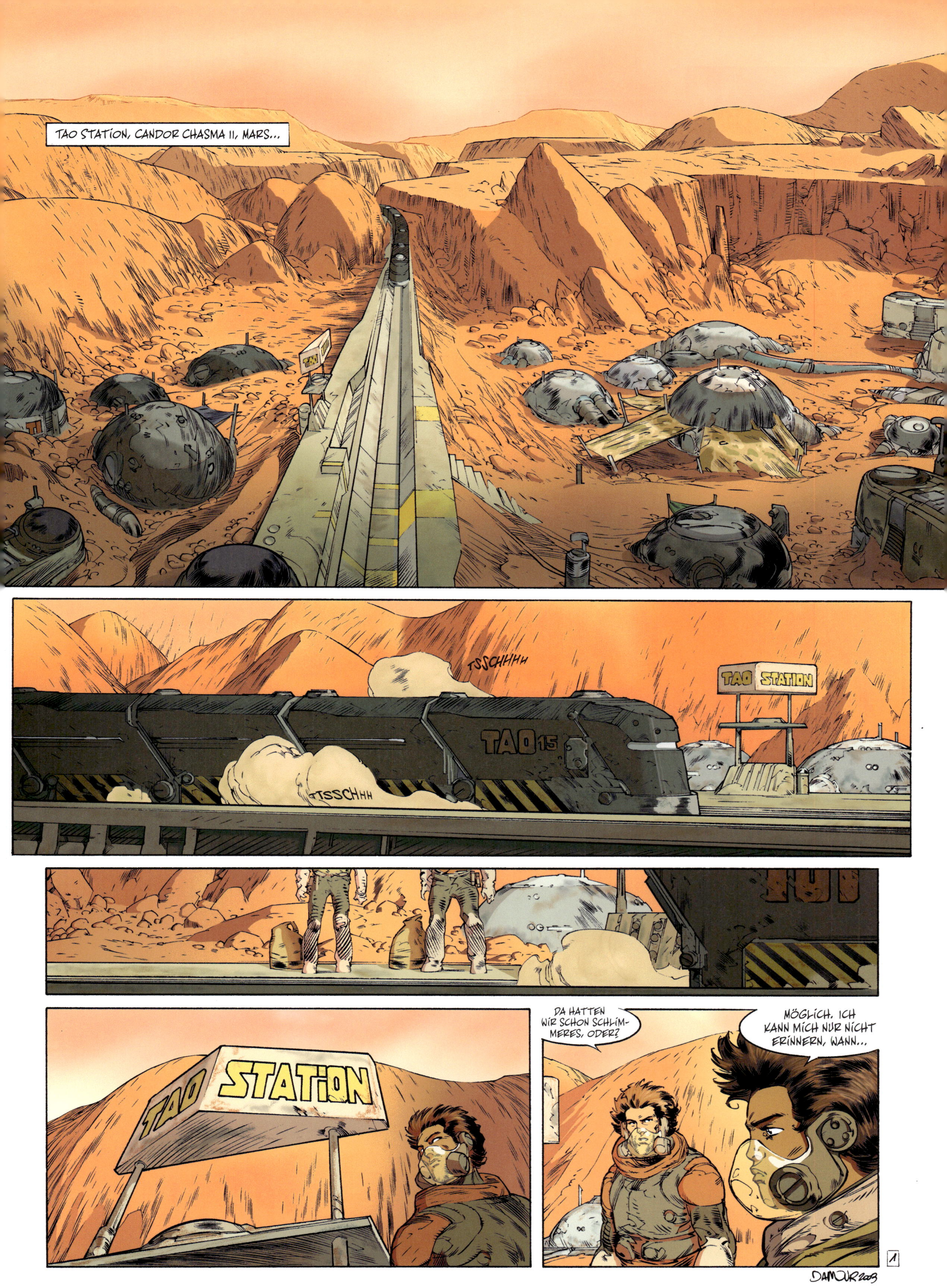
TAO STATION, CANDOR CHASMA II, MARS...
TAO STATION
TSSCHHHH
TAO 15
TSSCHHH
TAO STATION
DA HATTEN WIR SCHON SCHLIMMERES, ODER?
MÖGLICH. ICH KANN MICH NUR NICHT ERINNERN, WANN...
1
DAMOUR 2003

WAS SOLL DAS GANZE? HABEN SIE ZU VIEL ZU TUN?
GANZ UND GAR NICHT, MEIN LIEBER. ABER ICH SAGE ES IHNEN JETZT ZUM DRITTEN MAL: ICH KANN DIESE ARME KREATUR NICHT BEGRABEN...
TAO
SALOON
ABER SIE SIND DOCH IN DIESEM CHARMANTEN FLECKEN ERDE DER LEICHENBESTATTER, ODER?
GENAU DAS IST DER GRUND. VERSTEHEN SIE, ICH WOHNE HIER, UND DAS SOLL AUCH SO BLEIBEN!
JA, UND?
NUN, WENN ICH DIESE DOLLY BEGRABEN WÜRDE, WÜRDE KAUM EIN HALBER TAG VERGEHEN, BIS MEINEM GESCHÄFT DER SAUERSTOFF ABGEDREHT WIRD. SEHEN SIE, GEWISSE PERSONEN WÜRDEN ES GAR NICHT ZU SCHÄTZEN WISSEN, WENN IHRE VORFAHREN, DIE SIE HIER NEBENBEI BEMERKT GAR NICHT HABEN, DEN PERMAFROST DES FRIEDHOFS MIT DOLLYS TEILEN MÜSSTEN.
ABER DAS IST DOCH VÖLLIG VERRÜCKT!!
ICH WILL IHNEN DA NICHT WIDERSPRECHEN, ABER WAS WILL MAN MACHEN. ES SIND ZWAR DUMMKÖPFE, ABER ES SIND UNSERE DUMMKÖPFE. UND AUSSERDEM SIND SIE BEWAFFNET.
SO? DANN ÜBERNEHME ICH IHRE UNKOSTEN. DAS WÜRDE ICH ZU GERNE SEHEN, MISTER...?
ACH, SIE MACHEN DA VIEL LÄRM UM NICHTS! WIR WERDEN DIE PRINZESSIN FÜR SIE ZU IHRER LETZTEN RUHESTÄTTE FÜHREN!
SALOON
!?

NASH.
NASH TULSA.
SAGT AN, GELIEBTER VATER...
... HÄTTET IHR WOHL DIE GÜTE, MIR ZU ERKLÄREN, WARUM WIR JETZT NICHTS BESSERES ZU TUN HABEN, ALS DIE HÄLFTE DER LOKALEN BEVÖLKERUNG GEGEN UNS AUFZUBRINGEN, KAUM DASS WIR IN DIESEM VERLASSENEN NEST ANGEKOMMEN SIND?
WEGEN DER GLORREICHEN SIEBEN NINJAS...
SIEBEN WAS? DEIN LUFTAUSTAUSCHER IST DEFEKT, PAPA, DU HAST HALLUZINATIONEN!
NEE, DAS IST EIN ALTER 3D-FILM, DEN HABE ICH GESEHEN, ALS ICH NOCH KLEIN WAR. DA GIBT ES GENAU DIE GLEICHE SZENE, UND ICH WOLLTE SCHON IMMER DIE ROLLE VON DIESEM WORTKARGEN TYPEN IN SCHWARZ MIT DER GLATZE SPIELEN, DER WAR SUPER.
OKAY. UND WAS MACHE ICH?
WIE IN DIESEM FILM, MEINE LIEBE, HÄLTST DU MIR DEN RÜCKEN VON HECKENSCHÜTZEN FREI. GEHEN WIR?
GUT, DANN SIND SIE JETZT AM ZUG. DER FRIEDHOF IST...
... GANZ AM ENDE DER STRASSE, DIE RAUF AUF DEN HÜGEL FÜHRT.
SIE WAREN SCHON MAL DORT?
NEIN, ABER SO IST DAS IMMER IM WESTERN!
SALOON
3

STOPP! WEITER WERDET IHR NICHT KOMMEN!
WIR WOLLEN BEI UNS KEINS VON DIESEN MISTDINGERN!
BEI EUCH? VOR WIE VIELEN MONATEN HAST DU DEINE HÖHLE AUF DER ERDE DENN VERLASSEN?
AAAHHRR
BLAW
WEITERE KANDIDATEN?!
KLIK
HEY!
UND WAS JETZT, PUPPE? WILLST DU MICH KALTBLÜTIG ABKNALLEN?
NEIN.
HHHEEY!!
TCHAK!!
„DAS ERSTE, WAS MAN ALS TERRANER AUF DEM MARS LERNEN SOLLTE, IST LÄNGER ALS FÜNF SEKUNDEN OHNE ATEMGERÄT ZU ÜBERLEBEN. MACHT SCHNELL, JUNGS, EUER KUMPEL KÖNNTE HILFE GEBRAUCHEN!“
DAMOUR 2003

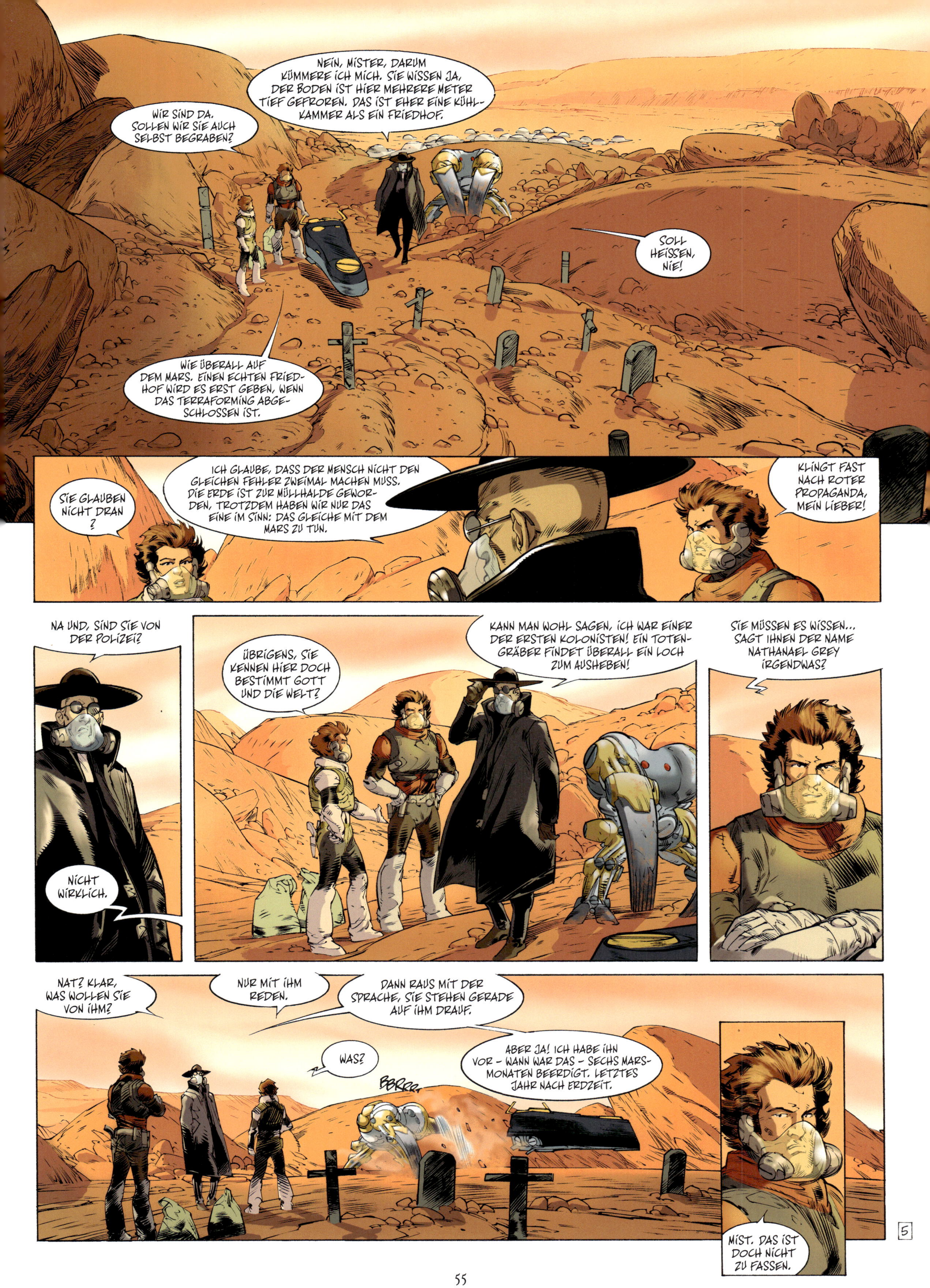
WIR SIND DA. SOLLEN WIR SIE AUCH SELBST BEGRABEN?
NEIN, MISTER, DARUM KÜMMERE ICH MICH. SIE WISSEN JA, DER BODEN IST HIER MEHRERE METER TIEF GEFROREN. DAS IST EHER EINE KÜHLKAMMER ALS EIN FRIEDHOF.
SOLL HEISSEN, NIE!
WIE ÜBERALL AUF DEM MARS. EINEN ECHTEN FRIEDHOF WIRD ES ERST GEBEN, WENN DAS TERRAFORMING ABGESCHLOSSEN IST.
SIE GLAUBEN NICHT DRAN?
ICH GLAUBE, DASS DER MENSCH NICHT DEN GLEICHEN FEHLER ZWEIMAL MACHEN MUSS. DIE ERDE IST ZUR MÜLLHALDE GEWORDEN, TROTZDEM HABEN WIR NUR DAS EINE IM SINN: DAS GLEICHE MIT DEM MARS ZU TUN.
KLINGT FAST NACH ROTER PROPAGANDA, MEIN LIEBER!
NA UND, SIND SIE VON DER POLIZEI?
NICHT WIRKLICH.
ÜBRIGENS, SIE KENNEN HIER DOCH BESTIMMT GOTT UND DIE WELT?
KANN MAN WOHL SAGEN, ICH WAR EINER DER ERSTEN KOLONISTEN! EIN TOTENGRÄBER FINDET ÜBERALL EIN LOCH ZUM AUSHEBEN!
SIE MÜSSEN ES WISSEN... SAGT IHNEN DER NAME NATHANAEL GREY IRGENDWAS?
NAT? KLAR, WAS WOLLEN SIE VON IHM?
NUR MIT IHM REDEN.
DANN RAUS MIT DER SPRACHE, SIE STEHEN GERADE AUF IHM DRAUF.
WAS?
BBRRR
ABER JA! ICH HABE IHN VOR - WANN WAR DAS - SECHS MARSMONATEN BEERDIGT. LETZTES JAHR NACH ERDZEIT.
MIST. DAS IST DOCH NICHT ZU FASSEN.
5

„Nicht zu fassen, dass alles in diesem verlassenen Nest zu Ende geht. Nach zwei Jahren auf der Jagd nach einem Schatten."
„Einem Phantom, einer Legende."
„Auf der Insel der Schatten, vier Jahre irdischer Zeit zuvor..."
„Grey, das war nicht der Name, den ich in den Laborunterlagen gefunden hatte. Grey war ein Pseudonym, so wie Schwarz, Weiss und so weiter."
„Professor Labory hatte eine Vorliebe für Farben... oder es war einfach praktischer für die gefälschten Papiere. In der Hauptkammer hinterliess ich etwas Blut auf einem DNA-Analysator, ein Spitzen-gerät. Und es machte sich an die Arbeit."
„Sesam, öffne dich! Die DNA war identisch mit der von meiner Tochter. Labory hatte alles geplant. Ich hatte Zugriff auf den gesamten Speicher der Basis, auf die Ursprünge des Engel-Projekts."
TULSA 1:23

„DIE ENGEL AUS DEN VERSUCHSLABOREN DER ARMY SOLLTEN IM LETZTEN KRIEG ALS SUPERSOLDATEN ZUM EINSATZ KOMMEN. ABER PROFESSOR LABORY HATTE ETWAS ANDERES IM SINN. WÄHREND DIE ENGEL DIE SOLDATEN WAREN, WOLLTE ER EINEN ERZENGEL ERSCHAFFEN, UM SIE ALLE ZU KONTROLLIEREN."
„LABORY HATTE ALLE AKTEN DER ARMY DURCHKÄMMT, BEVOR ER AUF EIN KOMPATIBLES PÄRCHEN STIESS: MEINE FRAU UND MICH. DER REST WAR EINFACH: EIN MITTEL GEGEN MEINE UNFRUCHTBARKEIT UND DIE ARMY ÜBERNAHM ALLE KOSTEN, SCHLIESSLICH WAR ICH VETERAN... WARUM NICHT?"
„UND DANN IST IRGENDETWAS SCHIEFGEGANGEN. LABORY ENTSCHIED SICH, KURZ VOR AUDREYS GEBURT ZU VERSCHWINDEN. ER LÖSTE SICH IN LUFT AUF UND HINTERLIESS NUR EINEN HINWEIS AUF EINE ‚VERLORENE KOLONIE' UND EINE E-MAIL-ADRESSE: BURR.CANYON.MAR. BURROUGH CANYON. DAMALS WAR DAS KAUM MEHR ALS EINE FORSCHUNGSSTATION. IN 15 JAHREN HAT SICH EINIGES GEÄNDERT..."
BURR.CANYON.MAR
DAMOUR 2003

„WENN WIR LABORY GEFUNDEN HÄTTEN, HÄTTEN WIR ERKLÄRUNGEN VON IHM VERLANGT, ZUM BEISPIEL: WER IST AUDREY WIRKLICH? WAS IST DAS AUSMASS IHRER KRÄFTE UND WAS SIND DIE RISIKEN? IST SIE WIRKLICH MENSCHLICH, IST SIE MEINE TOCHTER ODER EIN GENEXPERIMENT? LABORY WAR DER EINZIGE, DER DIE ANTWORTEN AUF DIESE FRAGEN UND AUDREYS GEHEIMNIS KANNTE."
BOUTIQUE E-MAIL
TUT MIR LEID, MEIN GUTER, ABER HABEN SIE DIE ENDUNG DIESER ADRESSE GESEHEN? „MAR" IST SCHON SEIT ÜBER ZEHN JAHREN UNGÜLTIG. WIE SOLL ICH EINE ADRESSE FINDEN, DIE SO ALT IST?
E-MAIL
INDEM SIE DEN PREIS DAFÜR FESTSETZEN?
NEE. DAS IST KEINE FRAGE DES PREISES. „MAR" EXISTIERT NICHT MEHR. DAS IST, ALS WÜRDEN SIE EINE ADRESSE IN EINER STRASSE SUCHEN, DIE MAN GERADE ABGERISSEN HAT. SEHEN SIE DIE WAND DA? DAS SIND DIE SUCHANFRAGEN IN DIESER WOCHE, AN DIE 3000 STÜCK. REISENDE, IMMIGRANTEN, DIE IHRE ELTERN SUCHEN, ODER ARBEIT... UND NÄCHSTE WOCHE VERSCHWINDEN DIE UNTER DER NÄCHSTEN LADUNG! MULTIPLIZIEREN SIE DAS MIT 10 JAHREN... LASSEN SIE'S GUT SEIN, ICH KANN NICHTS FÜR SIE TUN!

UND DIE VERLORENE KOLONIE, SAGT IHNEN DAS WAS?
HAAAHAHA, DIE VERLORENE KOLONIE!! SIE SIND GERADE ERST ANGEKOMMEN, ODER? DIE IST NUR EIN WITZ, EINE LEGENDE... EIN MARSIANISCHER MYTHOS: EINE GESCHICHTE ÜBER EINE KOLONIE VON WISSENSCHAFTLERN, DIE FREIWILLIG JEDEN KONTAKT ZUR AUSSENWELT AUFGEGEBEN HABEN. DIE GIBT ES NICHT, DAS IST MEHR EINE PARABEL. UNSERE VERSION VON BIGFOOT!
WAS IST?
ER HAT DIE KOLONIE ERWÄHNT, ODER?
DAS IST NICHTS NEUES, ALLE REDEN DRÜBER. ERZÄHL MIR NICHT, DU GLAUBST DA JETZT AUCH NOCH DRAN?!
ICH GLAUBE AN MEINE BELOHNUNG, ALTER. BIN KURZ TELEFONIEREN.
9

MACH NICHT SO EIN GESICHT, WIR FINDEN EINEN ANDEREN WEG.
DU HAST GUT REDEN... DER MARS IST GROSS, WO SOLLEN WIR ANFANGEN?
BANK
DU HAST VERGESSEN, DASS ICH DETEKTIV WAR. LEUTE AUFSPÜREN IST MEIN TÄGLICH BROT, GLAUB MIR.
HALTET IHN, ER HAT EINE BOMBE!!
BANK
HALTET IHN AUF!!!
PUFF! PUFF!
NICHT SCHIESSEN, ICH BIN NICHT...
POLI
BRRAATT

DIE BOMBE!!
TDZZZT
REJOIGNEZ L'ASI
SSEZ PAS MA
LA POU
*
MÖRDER!! NEIN ZUM TERRAFORMING! TRETET DER MSA BEI!! ZERSTÖRT DIE SPACE ELEVATORS!!
REJOIGNEZ L'ASM
NE LAISSEZ PAS MARS DEVENIR LA POUBELLE DE LA TERRE
*
DU MISTSTÜCK, DU WIRST SCHON SEHEN...
DAS REICHT JETZT ABER, CHEF!
DAS SIND KOMPLIZEN!! VERHAFTET SIE!!!
KOMM MIT, WENN DU AM LEBEN BLEIBEN WILLST!
* KOMMT ZUR MSA
DER MARS DARF NICHT
ZUR MÜLLHALDE DER
ERDE WERDEN
SO EIN MIST, KAUM ZWEI TAGE AUF DEM MARS UND SCHON SIND UNS DIE BULLEN AUF DEN FERSEN!
IST EINE FAMILIENTRADITION! SCHNELL! ZU DEN WELTRAUMAUFZÜGEN!

IHR DUMMKÖPFE! SIE WERDEN UNS ABSCHIESSEN WIE KARNICKEL!!
BERUHIG DICH MAL! WIR SIND KEINE BEDROHUNG, WARUM SOLLTEN SIE...
IHR SEID NEU HIER, WAS?
HE! WAS MACHEN DIE DENN...?
POLICE
POLICE
IN DECKUNG !!!
ARSCH-LÖCHER! MÖRDER !!!

DIE LÜFTUNGSSCHÄCHTE!! AUDREY, WIR SPRINGEN!! SCHNELL, DIE KABEL HALTEN NICHT MEHR LANGE!!
SPRINGEN?!? GEHT'S NOCH? HIER GIBT ES KEINEN HALT, WIR RASSELN BIS GANZ NACH UNTEN!!
WIR HABEN KEINE WAHL! WIR KLAMMERN UNS AM RAND FEST!
AM RAND FESTKLAMMERN! SO EIN QUATSCH!!
?!?
ABER... WIE IST DAS MÖGLICH? WIR SCHWEBEN!!
DIE WESTINGHOUSE-LUFTAUSTAUSCHER, SIE VERSORGEN DIE STADT MIT SAUERSTOFF. UND WEIL WIR AUF DEM MARS SIND, WO DIE SCHWERKRAFT GERINGER IST, SCHWEBEN WIR AUF DEM LUFTSTROM!
DAS SIND DOCH GUTE NACHRICHTEN, ODER?
WIE MAN'S NIMMT, DIE AUSTAUSCHER STOPPEN ALLE SIEBEN MINUTEN! VENTILATOR-PRINZIP, VERSTEHT IHR?
?!
ZZZAAAAAMM
DIE FLÜGEL! DIE WERDEN UNS ZU HACKFLEISCH VERARBEITEN!
DAMOUR 2003

LOS! WIR KRIEGEN KEINEN ZWEITEN VERSUCH, NIMM MEINE HAND !!
HHEEYY!
VERDAMMT! HALT DICH AN AUDREY FEST, SCHNELL!
NOCH EINER UND WIR KÖNNEN MIT DER NUMMER IM ZIRKUS AUFTRE-TEN!
ALLE FESTHALTEN, DER DRUCK LÄSST NACH! GLEICH FALLEN WIR!
PPPPSCHH
HHHUUUHH!
AAAAHH

IST EIGENTLICH GENAU WIE AUF DER ERDE. FLUCHT DURCH DEN UNTERGRUND UND POLIZEI AUF ALLEN ETAGEN. DER REINSTE FLUCH...
IHR SEID VON DER ERDE? WARUM HABT IHR MIR DANN GEHOLFEN?
WIR SIND AUS DER ART GESCHLAGEN...
LEUTE, DIE IHREM NACHBARN HELFEN, TRIFFT MAN NICHT MEHR ALLE TAGE.
ABER EIGENTLICH SIND WIR HIER, UM LABORY AUFZUSPÜREN, NICHT UM EINEN NEUEN BÜRGERKRIEG LOSZUTRETEN!
WEN?!? WELCHEN NAMEN HAST DU DA GERADE GESAGT?
LABORY...
WAS WOLLT IHR VON IHM?
BLOSS EIN BISSCHEN REDEN. WÜRDE ZU LANGE DAUERN, DAS ZU ERKLÄREN, ABER SAGEN WIR EINFACH, DASS ER UNS EIN PAAR INFORMATIONEN SCHULDIG IST ÜBER... ACH, LASS GUT SEIN...
HÖRT MAL, LABORY IST TEIL UNSERER BEWEGUNG. ER HAT ARTIKEL GEGEN TERRAFORMING AUF DEM MARS VERÖFFENTLICHT. ICH WEISS NICHT, OB ES EUCH WEITERHILFT, ABER SEHT EUCH MAL BEI DER FREIEN UNIVERSITÄT UM UND FRAGT NACH KEEJEE, UND SAGT, DASS... NEIN, KEEJEE WIRD SCHON BESCHEID WISSEN, NACHRICHTEN VERBREITEN SICH HIER ZIEMLICH SCHNELL...
ARK

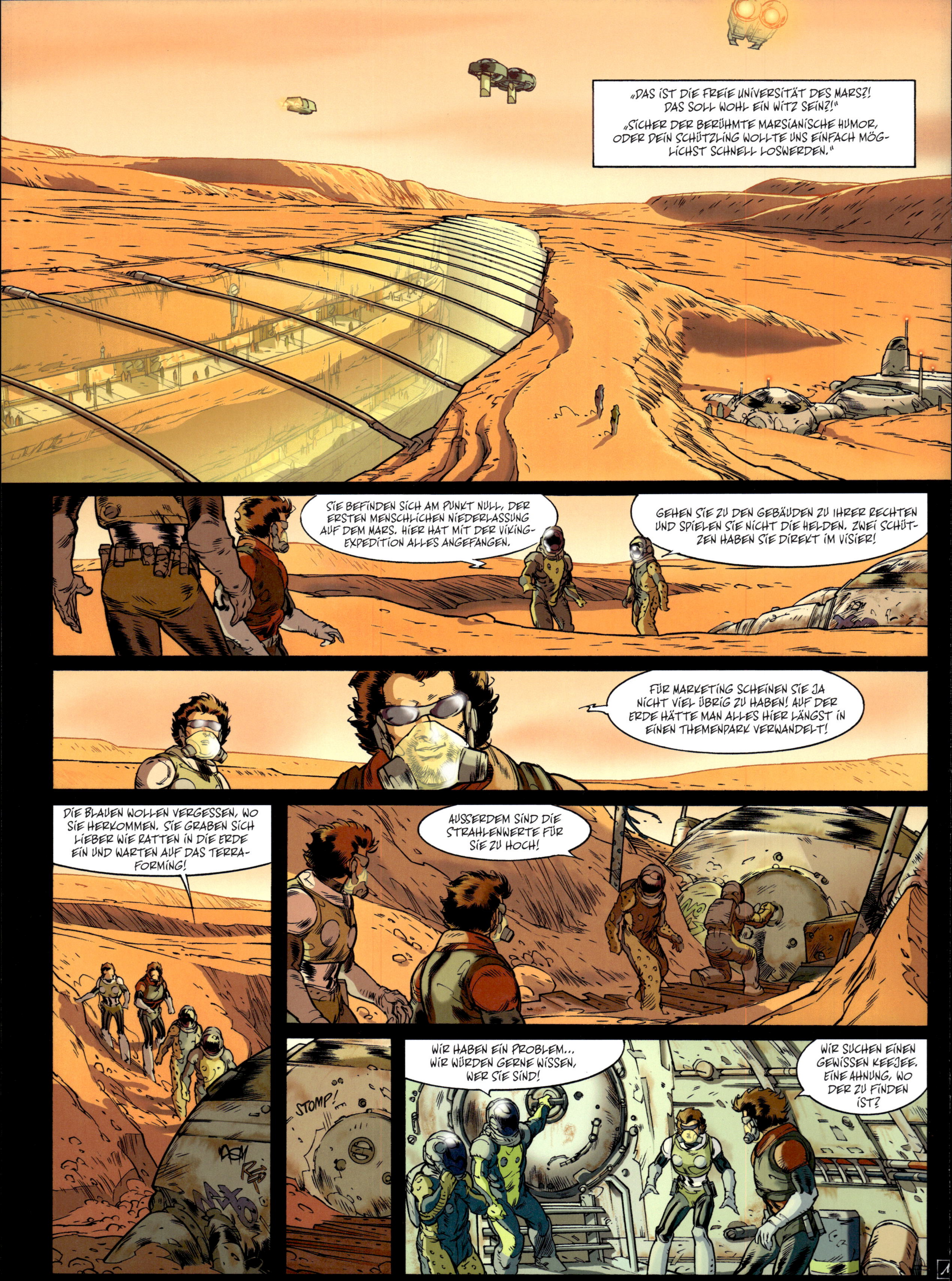
„DAS IST DIE FREIE UNIVERSITÄT DES MARS?! DAS SOLL WOHL EIN WITZ SEIN?!"
„SICHER DER BERÜHMTE MARSIANISCHE HUMOR, ODER DEIN SCHÜTZLING WOLLTE UNS EINFACH MÖGLICHST SCHNELL LOSWERDEN."
SIE BEFINDEN SICH AM PUNKT NULL, DER ERSTEN MENSCHLICHEN NIEDERLASSUNG AUF DEM MARS. HIER HAT MIT DER VIKING-EXPEDITION ALLES ANGEFANGEN.
GEHEN SIE ZU DEN GEBÄUDEN ZU IHRER RECHTEN UND SPIELEN SIE NICHT DIE HELDEN. ZWEI SCHÜTZEN HABEN SIE DIREKT IM VISIER!
FÜR MARKETING SCHEINEN SIE JA NICHT VIEL ÜBRIG ZU HABEN! AUF DER ERDE HÄTTE MAN ALLES HIER LÄNGST IN EINEN THEMENPARK VERWANDELT!
DIE BLAUEN WOLLEN VERGESSEN, WO SIE HERKOMMEN. SIE GRABEN SICH LIEBER WIE RATTEN IN DIE ERDE EIN UND WARTEN AUF DAS TERRAFORMING!
AUSSERDEM SIND DIE STRAHLENWERTE FÜR SIE ZU HOCH!
STOMP!
WIR HABEN EIN PROBLEM... WIR WÜRDEN GERNE WISSEN, WER SIE SIND!
WIR SUCHEN EINEN GEWISSEN KEEJEE. EINE AHNUNG, WO DER ZU FINDEN IST?

KEEJEE?
VIELLEICHT. UND SIE?
AUDREY, MEINE TOCHTER. UND ICH BIN TULSA, NASH TULSA...
IN IHREN PAPIEREN STEHT DAS ABER ANDERS...
DAS KANN ZWEI SACHEN BEDEUTEN: ENTWEDER SIND SIE SPIONE ODER FLÜCHTLINGE!
WIE HÄTTEN SPIONE SO SCHNELL ERFAHREN KÖNNEN, DASS SICH IHRE FREUNDIN MIT DER POLIZEI ANGELEGT HAT?
GUTER PUNKT. ALSO FLÜCHTLINGE?
WENN MAN SO WILL. WIR WOLLEN UNS NICHT IN IHRE ANGELEGENHEITEN EINMISCHEN, WIR SUCHEN NUR JEMANDEN.
LABORY, ICH WEISS. DAS IST NICHT IRGENDJEMAND... IM ROTEN WIDERSTAND WAR ER IMMER UNSERE MORALISCHE INSTANZ.
DAS IST TOLL, ABER WIE GESAGT: WIR HABEN KEIN INTERESSE AM KRIEG DER BLAUEN UND ROTEN, WIR SUCHEN EINFACH NUR NACH LABORY!
UND WENN ICH SIE FRAGE, WIESO?
DANN ERWARTEN SIE KEINE ANTWORT. SIE HABEN IHRE GEHEIMNISSE, WIR HABEN UNSERE.
17

„KEEJEE LIESS SICH LETZTENDLICH ÜBERZEUGEN, DASS DER WIDERSTAND UNS EINEN GEFALLEN SCHULDETE. ER GAB UNS EINEN NAMEN, DAS ERSTE IN EINER LANGEN REIHE VON ABGELEGENEN NESTERN, WO MAN LABORY GESEHEN HATTE... TAO STATION. ALLES NUR EIN SCHLECHTER WITZ..."
MISTER!! MISTER!! UM HIMMELS WILLEN, HALTEN SIE SIE AUF!! DAS IST BLASPHE-MIE!!
ICH... WAS?
TUM TUM TUM TUM TUM!
VERDAMMT, AUDREY! WAS MACHST DU DENN DA?!!
DAS IST VÖLLIG UNMÖG-LICH! ES MUSS EINFACH EINE ERKLÄRUNG GEBEN!!
TUM TUM TUM
HHEGGH!!
KANNST DU MIR VIELLEICHT MAL ERKLÄREN, WAS DU...
HERRGOTT!! WAS FÜR EIN FREVEL! SEHEN SIE SICH AN, WAS SIE GETAN HABEN! UM HIMMELS WILLEN, DER ARME NATHANAEL!

?!?!?!
NICHTS ALS STEINE! IST ES HIER ÜBLICH, MARSIANISCHEN PERMAFROST ZU BEERDIGEN?!
ALSO, DAS VERSTEHE ICH NICHT!!
SIE SIND DOCH DER LEICHENBESTATTER, ODER? UND SIE WISSEN NICHT, WAS SIE BEERDIGEN?!!
NUN, GENAU GENOMMEN... ICH HATTE NUR DIE AUSLIEFERUNG DES SARGES ÜBERNOMMEN. ES GAB KEINEN GRUND, IHN ZU ÖFFNEN...
NA SCHÖN. UND DER NAME DES ÜBERBRINGERS?
HÖREN SIE, ICH KANN IHNEN NICHT...
ABER SICHER KÖNNEN SIE. SEHEN SIE, BESONDERS MIT EINER KALIBER .12 UNTER DER NASE WÜRDE IHNEN DAS NIEMAND KRUMM NEHMEN!
JANIS A. SHEEP.
SPAREN SIE SICH DEN QUATSCH. ES IST KALT UND MIR FRIERT DER FINGER EIN!
ABER DAS IST IHR NAME, JANIS ABELAIS SHEEP. JANIS HAT MIR DEN SARG GEBRACHT!
UND WO FINDEN WIR SIE?
ZWEI TAGESREISEN VON HIER, SIE LEBT AUF EINER FARM IM „IMUS CRATER" IM WESTEN. ES IST BEI UNS SO ÜBLICH, DASS DIE FARMER IHRE NÄCHSTEN AUFBAHREN, BEVOR SIE IN DIE STADT GESCHICKT UND DORT BEGRABEN WERDEN. ES GAB ÜBERHAUPT KEINEN GRUND, DARAN ZU ZWEIFELN!
19

„ZIEMLICH VERLASSENE GEGEND, WAS? ABER MANCHE STEHEN AUF EINSAMKEIT UND EISENOXID!"
„IST EINE BIOFARM MIT KOLLEKTOREN, SAUERSTOFF UND EIN BISSCHEN VIEHZUCHT. SO LÄUFT DAS LEBEN AUF DEM MARS, WAS?!"
WERDET IHR ERWARTET?
NEIN.
DANN WERDET IHR DA BESTIMMT NICHT ALT WERDEN! HABT IHR EIN FAHRZEUG, UM NACH TAO ZURÜCKZUKOMMEN?
AUCH NICHT.
SIND DIE RETTUNGSBOJEN DORT AKTIV?
NORMALERWEISE, JA... AH, ICH WEISS, WORAUF IHR HINAUSWOLLT: IHR FINDET EINE DER EXTERNEN SAUERSTOFFRESERVEN, DAS GIBT EUCH DIE ZEIT, EINEN HILFERUF ABZUSETZEN... ABER ES GIBT HIER IM OUTBACK KEIN TAXI, DAMIT RISKIERT IHR EIN SAFTIGES BUSSGELD!
WIR WERDEN SEHEN... GEBÜSST HABEN WIR EIGENTLICH SCHON GENUG. VIELLEICHT LASSEN SIE UNS JA AUCH REIN?
KLAR. KRATZT LIEBER SCHON MAL EUER GELD ZUSAMMEN.
OKAY... DANKE FÜRS MITNEHMEN.
HABEN DIE DORT EIGENTLICH ALARM-SENSOREN? ICH MEINE, WORAN MERKEN DIE, DASS WIR DA SIND?
OH, MACHT EUCH DARÜBER KEINEN KOPF. SIE HABEN EIN PAAR DOLLYS. DIESE WEIB-CHEN SIND ZIEMLICH GUT IM SCHNÜFFELN... GLAUBT MIR, WER AUCH IMMER IN IHREN KRATER STEIGT, JANIS WEISS SOFORT BESCHEID!
„DIESE WEIBCHEN", WAS?!
WENIGSTENS HAT ER NICHT PUPPEN GESAGT!
JA, SCHON RECHT, WAS...
2
DAMOUR 2003

PAW!
AUF DEN BODEN!!
WIR KOMMEN IN FRIEDEN!!!
GENAU, WIR KOMMEN IN FRIEDLICHER ABSICHT! WOFÜR HÄLTST DU DICH, E.T.?
STEHEN SIE AUF, DAMIT ICH SIE BESSER SEHEN KANN!!
PAW!
HEY!! SIE HABEN DOCH GESAGT, WIR SOLLEN AUFSTEHEN!!!
DAMIT ICH EUCH BESSER ABKNALLEN KANN, TERRANISCHES GESINDEL!!

VERRÜCKTE ALTE!! DER WERDE ICH ES GEBEN, DAUERT NICHT LANGE!!
WARTE... DIE DOLLYS...
WAS IST MIT DENEN?!
ICH MÜSSTE KONTAKT ZU IHNEN HERSTELLEN KÖNNEN. DAS IST DOCH SICHER DER GLEICHE STAMM WIE AUF DER ERDE, ODER?
LOS, STEHEN SIE AUF!!
SONST NOCH WAS?!! DU MUSST SCHON SELBST KOMMEN, SCHÄFCHEN!!
STEHEN SIE AUF, SIE HABEN NICHTS ZU BEFÜRCHTEN. ISABELLE HAT MIR GESAGT, DASS MAN IHNEN VERTRAUEN KANN!
ISABELLE?!
EINE DOLLY. SIE HAT SIE ALLE UMBENANNT. GEHEN WIR?

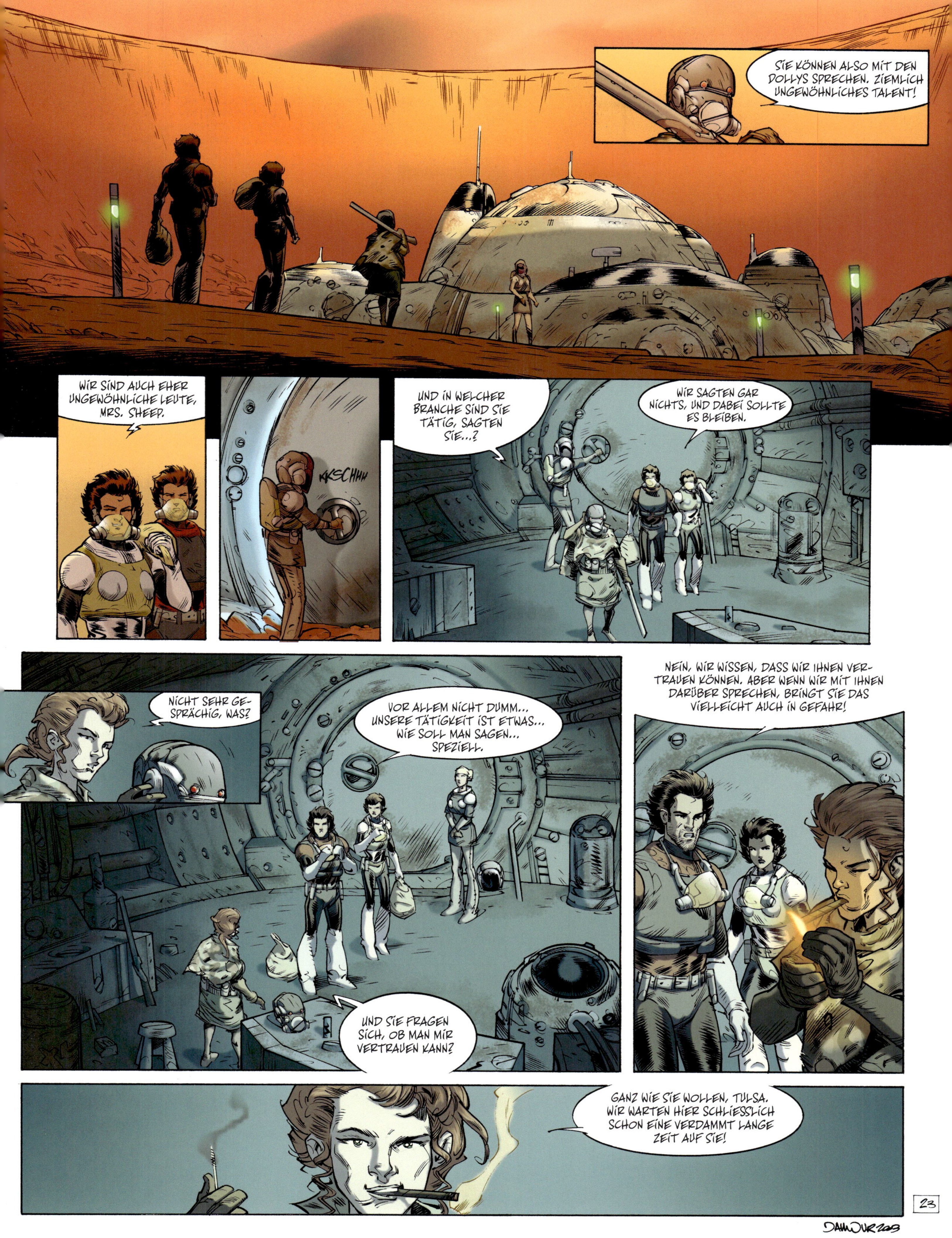
SIE KÖNNEN ALSO MIT DEN DOLLYS SPRECHEN. ZIEMLICH UNGEWÖHNLICHES TALENT!
WIR SIND AUCH EHER UNGEWÖHNLICHE LEUTE, MRS. SHEEP.
KKSCHHH
UND IN WELCHER BRANCHE SIND SIE TÄTIG, SAGTEN SIE...?
WIR SAGTEN GAR NICHTS, UND DABEI SOLLTE ES BLEIBEN.
NICHT SEHR GESPRÄCHIG, WAS?
VOR ALLEM NICHT DUMM... UNSERE TÄTIGKEIT IST ETWAS... WIE SOLL MAN SAGEN... SPEZIELL.
UND SIE FRAGEN SICH, OB MAN MIR VERTRAUEN KANN?
NEIN, WIR WISSEN, DASS WIR IHNEN VERTRAUEN KÖNNEN. ABER WENN WIR MIT IHNEN DARÜBER SPRECHEN, BRINGT SIE DAS VIELLEICHT AUCH IN GEFAHR!
GANZ WIE SIE WOLLEN, TULSA. WIR WARTEN HIER SCHLIESSLICH SCHON EINE VERDAMMT LANGE ZEIT AUF SIE!
23
DAHMOUR 2013

WAS WOLLEN SIE... ÄH... SIE KENNEN MICH?
ICH HAB VON IHNEN GEHÖRT UND... AUF SIE GEWARTET. DIE GRABSCHÄNDUNG WAR ÜBRIGENS VÖLLIG ÜBERFLÜSSIG, DER ALTE GEORGE HÄTTE IHNEN DOCH SOWIESO MEINE ADRESSE GEGEBEN. SIE HABEN IHM GANZ SCHÖN ANGST GEMACHT!!
ABER... WORAN HABEN SIE UNS ERKANNT?
ICH HABE SIE NICHT ERKANNT, DAS WAR ISABELLE. ZUMINDEST HAT SIE AUDREY ERKANNT: DIE KÖNIGIN VON DREAMLAND. DAS IST ÜBRIGENS AUCH DER GRUND, WARUM SIE NOCH AM LEBEN SIND. WIR SIND HIER AUF ROTEM TERRITORIUM UND FREMDE STELLEN EINE GEFAHR DAR.
SIE MEINEN, WEGEN DEN „ROTJÄGERN"?
DEN FREIKORPS DER BLAUEN, DIE DIE LETZTEN AUS DEM WIDERSTAND VERFOLGEN. JA, VON DENEN WIMMELT ES HIER!
KKSSCHHH
UND IST LABORY HIER?
LEIDER KONNTE PROFESSOR LABORY IHRE ANKUNFT NICHT ABWARTEN.
KÖNNEN SIE UNS SAGEN, WARUM?
ICH DENKE NICHT. DAFÜR MÜSSEN SIE IHN SCHON SELBST FRAGEN!
ALSO GUT, SPIELEN WIR DOCH MIT OFFENEN KARTEN. WO IST LABORY?
DAS IST DAS PROBLEM. AUS SICHERHEITSGRÜNDEN HABE ICH NICHT DIE GERINGSTE AHNUNG, WO ER STECKT. ALS ER AUFGEBROCHEN IST, HAT ER NUR GESAGT, DASS SIE EINES TAGES KOMMEN WÜRDEN...

2

SIE SIND ZIEMLICH MISSTRAUISCH!
WIR WERDEN VERFOLGT. WIR ROTEN WISSEN SEIT IHRER ANKUNFT, DASS SIE AUF DEM MARS SIND. ABER SEIT DER UNIVERSITÄT HABEN WIR DEN KONTAKT VERLOREN. UND WIR MÜSSEN SICHERGEHEN, DASS SIE NICHT GEKOMMEN SIND, UM UNS ZU INFILTRIEREN, SCHLIESSLICH KOMMEN SIE VON DER ERDE. VOR EIN PAAR MONATEN SIND WIR GEWARNT WORDEN, DASS DIE BLAUEN IMMER NÄHER KOMMEN, DESHALB MUSSTE LABORY VERSCHWINDEN... HABEN SIE SCHON MAL VON DER TAZ GEHÖRT?
DIESER FIGUR AUS DEN LOONEY TUNES, DIE ALLES AUFFRISST?
TAZ: TEMPORÄRE AUTONOME ZONE... LABORY WAR DER ANFÜHRER DER FRAKTION DES WIDERSTANDS, DIE ANHÄNGER DIESES KONZEPTS WAR... STATT SICH IN EINEN BÜRGERKRIEG ZU STÜRZEN.
NEIN, NEIN, NEIN! GEHT DAS SCHON WIEDER LOS! AUDREY HAT DAS GERADE ERST HINTER SICH, SIE WAR DIE HOFFNUNG VON VIELEN MENSCHEN AUF DER ERDE, MICH HAT MAN DESWEGEN UMGEBRACHT UND SIE HÄTTE ES AUCH FAST ERWISCHT!!
ENTSCHULDIGUNG, ABER ICH VERSTEHE ÜBERHAUPT NICHTS MEHR. SCHALTEN SIE MAL EINEN GANG RUNTER. WIR WOLLEN LABORY SEHEN, DAS STIMMT. ABER WARUM WOLLTE ER SICH AUCH MIT UNS TREFFEN?
ER BRAUCHT SIE, SIE SIND DIE EINZIGE HOFFNUNG DER MARSKOLONIEN!
FÜR EINEN TOTEN HABEN SIE SICH GUT GEHALTEN.
WENN WIR ZEIT HABEN, ERZÄHLE ICH ES IHNEN MAL!
HÖREN SIE, SIE MÜSSEN MÜDE SEIN. ICH WERDE VERSUCHEN, EIN PAAR FREUNDE ZU ERREICHEN, RUHEN SIE SICH SOLANGE AUS. MORGEN WISSEN WIR VIELLEICHT SCHON MEHR.
25

DIESE GESCHICHTE MIT DER TAZ HABE ICH SCHON MAL GEHÖRT...
IM KINO?
NEIN, VON AKIM UND DEN LUDDITEN... AKIM HAT MIR DAVON ERZÄHLT, ER SAGTE, DREAMLAND SEI EINE TAZ.
DER HATTE SCHON IMMER EINE MEISE.
EIN AUTONOMES TERRITORIUM... EINE LIBERTÄRE GEMEINSCHAFT, DIE VON KEINER BESTIMMUNG BELASTET WIRD...
DA LIEGT ER VIELLEICHT GAR NICHT MAL FALSCH!
NEIN, DU VERSTEHST NICHT. EINE TAZ KANN NIE ÜBERDAUERN. SIE IST VERGÄNG-LICH, GERADE WEIL SIE FREI IST UND MAN SIE NICHT EROBERN KANN.
SUPER! ICH HATTE MIR SCHON GEDACHT, DASS DIESER LABORY AUCH EINE MEISE HABEN MUSS!
BLAM!
HEY! HAST DU DAS GEHÖRT?
JA... STURM-GEWEHR, AK-47!
MACHT JANIS SCHIESSÜBUNGEN?!
WÜRDE MICH ÜBERRASCHEN, SIE HAT EIN ANDERES MODELL... BLEIB, WO DU BIST, ICH SEHE NACH.

TUMP!
HHHHUUH!
BUMP!
ICH DACHTE, ICH WÄRE EINE GUTE MENSCHENKENNERIN, ABER SO KANN MAN SICH IRREN. JETZT FESSELST DU MAL SCHÖN DEINEN „PAPA". IHR SEID DURCH UND DURCH TERRANER UND GAUNER NOCH DAZU!! WOLLT LABORY UMBRINGEN, WAS?!
TJA, DARAUS WIRD NICHTS!!
ABER MRS. SHEEP, WAS IST DENN LOS?!?
HÖRST DU DAS DA DRAUSSEN? GLAUBT IHR, ICH BIN SCHON VÖLLIG DEBIL? VERDAMMTE BANDE VON ROTJÄGERN!
NEIN, SIE IRREN SICH! ES IST NICHT SO, WIE SIE...
TUMP!
27

OKAY, RAUS MIT DER SPRACHE. IST DIE ALTE EINE PSYCHOPATHIN?
DIE „ROT-JÄGER"...
DAS IST ES ALSO? EINE BANDE VON DENEN MUSS DIE FARM ANGEGRIFFEN HABEN... DAS HABEN WIR ALSO GEHÖRT... UND SHEEP DENKT, WIR GEHÖREN DAZU?
WIR SIND VON DER ERDE. HAT SIE JA SELBST DAUERND GESAGT!
?!!
KLNIG KLK!
SIEH MAL, UNSERE FREUNDIN ISABELLE...
... MIT EINEM GROSSEN MESSER...
... UND SIE SIEHT NICHT SEHR GLÜCKLICH AUS!!!
KANNST DU NICHT IRGENDWAS UNTERNEHMEN?
ÄH... WIE DENN? SOLL ICH IHR WAS ZU BERUHIGUNG VORSINGEN? IMMER MIT DER RUHE, ISABELLE, ALLES WIRD GUT...
„... ALLES WIRD GUT..."
28

„WIR ZIEHEN DURCHS ROTE LAND..."
... UND DU WIRST BEZAHLEN FÜR DIE REBELLEN, DIE DU HIER VERSTECKT HAST, ROTES MISTSTÜCK!
KLIK! KLIK!
WIE WÄR'S, WENN DU DIR JEMANDEN VON DEINER GRÖSSE SUCHST, BRAUNER?
WUSSTE ICH'S DOCH! EIN REBELLENSCHWEIN!
UND ICH WEISS, DASS DU ES NICHT MEHR LANGE MACHST, PENNER!!
YYAAAAHRR!!
TUMP!
KKRRAAK!!
29

DER WIRD UNS NICHT MEHR STÖREN!!
?!!
YYAAARR!!
YYAAAAAHHH
BLAW!
BLAW!
BLAW!
WIR WOLLTEN SIE DOCH KOMMEN LASSEN...
MRS. SHEEP, OHNE IHNEN RATSCHLÄGE GEBEN ZU WOLLEN: SIE SOLLTEN DEN KOPF EINZIEHEN. DIE SCHEINEN NICHT SEHR KLUG ZU SEIN, ABER VIELLEICHT KÖNNEN SIE SCHIESSEN!
?!!
HABEN WIR DOCH, ODER?
DU HÄTTEST SIE JA NICHT UNBEDINGT PROVOZIEREN MÜSSEN!!
WAS HÄTTE DAS GEÄNDERT? AUSSERDEM LIEBE ICH DAS!
DAS IST MIR KLAR. ABER JETZT WISSEN SIE, WIE VIELE WIR SIND.
HEY! HÖRE ICH DA ETWA DEN HAUCH EINES VORWURFS IN DEINER STIMME...?

ABER NEIN, WIE SOLLTE ICH?! WIR KÖNNEN UNS DOCH JEDEN SPASS ERLAUBEN!! GENAU WIE IN TAO, ALS WIR UNBEDINGT DIE DOLLY BEGRABEN MUSSTEN, UM DIESE RASSISTEN ZU ÄRGERN!
IMMER MUSST DU DEN MACHO SPIELEN!
HE DA, JUNGES FRÄULEIN! ICH MUSS DICH WOHL DRAN ERINNERN, DASS DU HIER NICHT MEHR DIE KÖNIGIN DES DSCHUNGELS BIST!!
WAR KLAR, DASS WIEDER SO EIN SPRUCH KOMMT!!
ÄHM... ENTSCHULDIGUNG? ICH MISCHE MICH NUR UNGERN IN FAMILIENSTREITIGKEITEN EIN, ABER WAS TUN WIR JETZT? BRINGEN WIR UNS GEGENSEITIG UM ODER LEISTEN WIR VORHER NOCH ETWAS WIDERSTAND?
SIE HAT RECHT...
SIE HAT RECHT. ABER VERGISS NICHT, DASS ICH IMMER NOCH DEIN VATER BIN!!
ICH FRAGE MICH WIRKLICH, WIE ICH DAS JEMALS VERGESSEN SOLLTE. UND WAS JETZT?
WIR ZIEHEN UNS ZUR SCHUTZZELLE ZURÜCK. DER NEANDERTALER HAT VIELLEICHT NOCH DIE EIN ODER ANDERE IDEE AUF LAGER...
SCHON GUT, ICH BIN JA SCHON STILL!!
31
DAMOUR 2003

ÄH... WAS MACHST DU DA?
WIR TUN SO, ALS OB WIR UNS IN DER SCHUTZZELLE VERSCHANZT HABEN, DAS GIBT UNS EIN BISSCHEN ZEIT. ABER WENN SIE KEINE ANZEICHEN FÜR SAUERSTOFFVERBRAUCH SEHEN, GLAUBEN SIE DAS NIEMALS.
OKAY. WARUM, DENKST DU, SOLLTE DAS FUNKTIONIEREN?
AH, SCHEISSE... WEIL ICH IMMER RECHT HABE. ZUFRIEDEN?
KLKK
OKAY. UND WARUM, DENKST DU, SOLLTE DAS FUNKTIONIEREN?
HIMMEL NOCH MAL, AUDREY!! WEIL ES MARSIANER SIND, UND BEI DENEN IST DAS EIN AUTOMATISMUS. WENN MAN KEINE LUFT MEHR HAT, GEHT MAN IN DIE SCHUTZZELLE!!
DAS IST RICHTIG... MACHT SINN!
SCHÖN, KÖNNEN WIR DANN GEHEN? ODER WARTEN WIR AUF DIE ANDEREN UND FRAGEN DIE AUCH NACH IHRER MEINUNG?
TUT MIR LEID, KINDER, ABER ICH BLEIBE HIER!
JETZT REDEN SIE KEINEN BLÖDSINN UND ÜBERLEGEN SIE...
ÜBERLEGUNG ABGESCHLOSSEN.

OFFENBAR LERNEN DIE BEI DEN JÄGERN WIRKLICH SCHIESSEN...
OKAY. EIN GRUND MEHR, DASS WIR UNS ZURÜCKZIEHEN UND EIN KRANKENHAUS SUCHEN.
BRING MICH NICHT ZUM LACHEN, JUNGE, DAS TUT WEH... ICH HABE 20 JAHRE IM MARSIANISCHEN BUSCH GELEBT. ICH KENNE DEN UNTERSCHIED ZWISCHEN EINER VERLETZUNG UND EINER FAHRKARTE ZUM FRIEDHOF...
WIE LANGE BRAUCHEN DIE DOLLYS BIS NACH TAO STATION?
ZWISCHEN ZWANZIG UND DREISSIG STUNDEN. SIE GEHEN SCHNELL UND BRAUCHEN WENIG SAUERSTOFF. ABER DAS MACHT KEINEN UNTERSCHIED, SO LANGE KÖNNEN WIR UNS NICHT HALTEN. IHR MÜSST DEN LIFTER NEHMEN!
LIFTER? SIE HABEN HIER EINEN LIFTER? IST ER IN GUTEM ZUSTAND?
MUSS EIN JAHR HER SEIN, DASS ICH MIT IHM RAUSGEFAHREN BIN, ABER DIE BATTERIEN SIND NEU, UND... LABORY HAT IHN OFT GEFAHREN UND IHN BEI JEDEM AUSFLUG GRÜNDLICH GEWARTET...
AAHHR
ÖFFNEN SIE DIE SCHLEUSE FÜR MICH, TULSA!
DANKE...
NASH... WENN SIE ES SCHAFFEN, FAHREN SIE ZU DEN MINEN VON THARSIS UND NEHMEN SIE DORT KONTAKT ZUM WIDERSTAND AUF. SIE MÜSSTEN WISSEN, WO LABORY SICH BEFINDET...
MÜSSTEN?
DAS IST EURE LETZTE HOFFNUNG... DIE MINEN VON THARSIS SIND DAS LETZTE ROTE NETZWERK, DAS NOCH AKTIV IST. LEBT WOHL...
"... UND VIEL GLÜCK."
SLAM!
38

PUFF
PUF
GEHT'S, KLEINE?
ABER... ÄH... WER SIND SIE? WAS TUN SIE HIER?
ICH BIN SOZUSAGEN DER TYP VOM KUNDEN-DIENST...
?!!
SKRTCH!
!!!
ICH SOLL DIE DEFEKTEN MODELLE ZUM SCHROTTPLATZ BRINGEN.
DIESE PLASTIKPUPPEN SIND WIRKLICH DIE REINSTEN SPATZEN-HIRNE!
HE, DICKER! WEISST DU WAS? SIE HAT DEN KOPF GENAU DA RAUSGESTECKT, WO ICH AUF SIE GEWARTET HABE... NETT, ODER?!
DAMOUR 2008

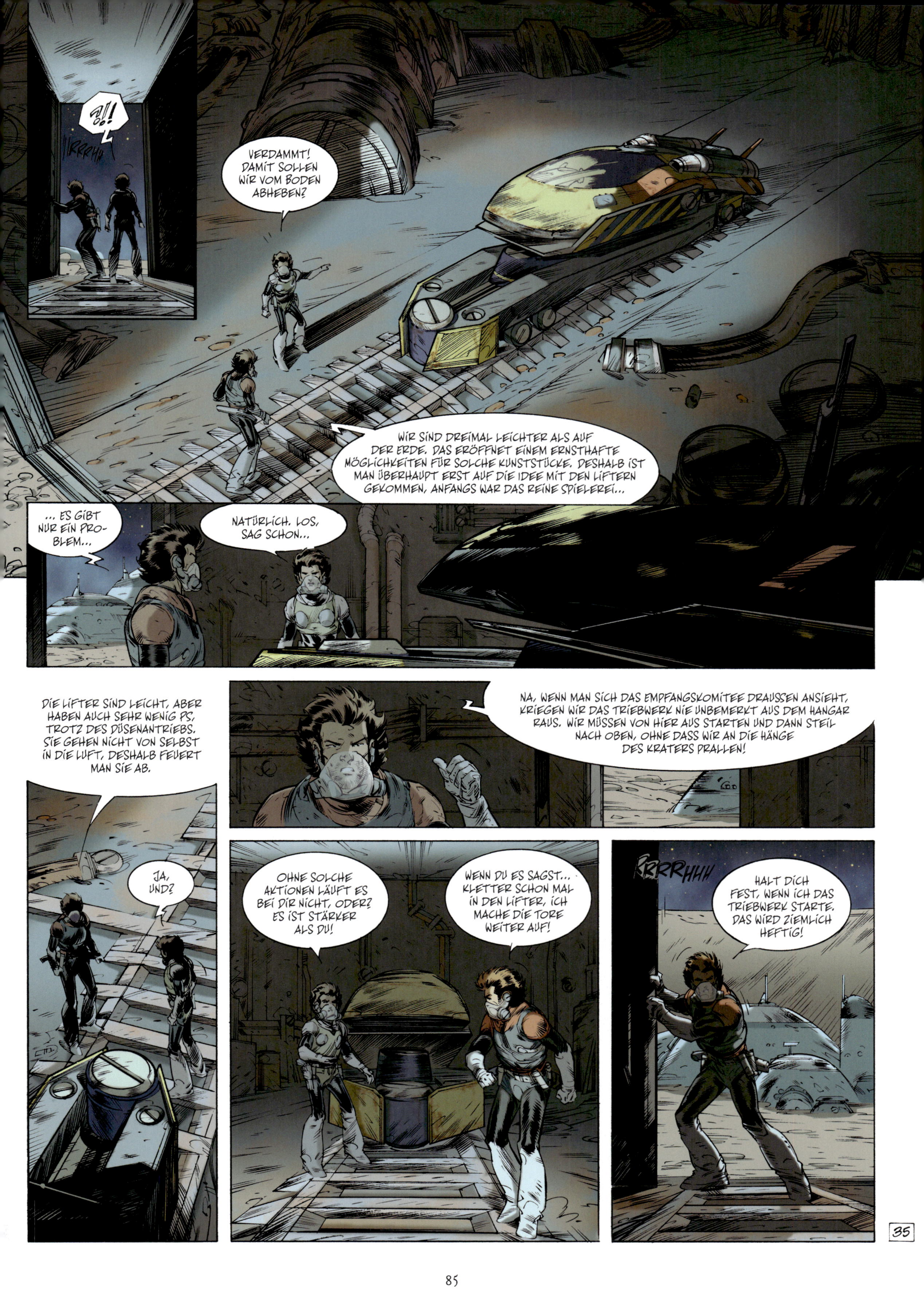
?!
IRRRHH
VERDAMMT! DAMIT SOLLEN WIR VOM BODEN ABHEBEN?
WIR SIND DREIMAL LEICHTER ALS AUF DER ERDE. DAS ERÖFFNET EINEM ERNSTHAFTE MÖGLICHKEITEN FÜR SOLCHE KUNSTSTÜCKE. DESHALB IST MAN ÜBERHAUPT ERST AUF DIE IDEE MIT DEN LIFTERN GEKOMMEN, ANFANGS WAR DAS REINE SPIELEREI...
... ES GIBT NUR EIN PROBLEM...
NATÜRLICH. LOS, SAG SCHON...
DIE LIFTER SIND LEICHT, ABER HABEN AUCH SEHR WENIG PS, TROTZ DES DÜSENANTRIEBS. SIE GEHEN NICHT VON SELBST IN DIE LUFT, DESHALB FEUERT MAN SIE AB.
JA, UND?
NA, WENN MAN SICH DAS EMPFANGSKOMITEE DRAUSSEN ANSIEHT, KRIEGEN WIR DAS TRIEBWERK NIE UNBEMERKT AUS DEM HANGAR RAUS. WIR MÜSSEN VON HIER AUS STARTEN UND DANN STEIL NACH OBEN, OHNE DASS WIR AN DIE HÄNGE DES KRATERS PRALLEN!
OHNE SOLCHE AKTIONEN LÄUFT ES BEI DIR NICHT, ODER? ES IST STÄRKER ALS DU!
WENN DU ES SAGST... KLETTER SCHON MAL IN DEN LIFTER, ICH MACHE DIE TORE WEITER AUF!
KRRRHHH
HALT DICH FEST, WENN ICH DAS TRIEBWERK STARTE. DAS WIRD ZIEMLICH HEFTIG!
35

DREI MÄNNER VERLOREN!!
KAUM ZU GLAUBEN. DIE ALTE IST DOCH KAUM IN DER LAGE, EINE SCHLEUSE ZU VERSIEGELN!
DIE BEIDEN TERRANER HABEN IHR GEHOLFEN. VERDAMMTE VERRÄTER!!
ICH HABE EUCH SCHON MAL GESAGT, DAS SIND KEINE VERRÄTER. ALS VERRÄTER MUSS MAN WENIGSTENS DERSELBEN SPEZIES ANGEHÖREN WIE DER, DIE MAN VERRÄT. UND DAS TRIFFT NICHT ZU AUF DIE ZWEI!
COMMODORE, SIE SIND IM SCHUTZRAUM. DER ZÄHLER REGISTRIERT SAUERSTOFF-VERBRAUCH. ABER SIE HABEN DEN ÖFFNER BESCHÄDIGT!
WIR WERDEN SEHEN!
KLANG!
KLONG!
KRAAK!!
BLAM!!
STIRB!!

BLAM!
DUMMKOPF!! SEIT ZWEI JAHREN VERFOLGEN WIR JETZT SCHON DIESEN MISTKERL TULSA, SEIT ZWEI JAHREN WOLLEN WIR WISSEN, WAS ER AUF EUREM SCHEISSPLANETEN WILL!! GLAUBT IHR, SO KURZ VOR DEM ZIEL GEBEN WIR EINFACH AUF? IHR KENNT DOCH DAS MOTTO DER SPEZIALKRÄFTE, ODER?!
O. K., O. K., KEINE AUFREGUNG, WIR WOLLEN IHN JA FINDEN. ER KANN NICHT WEIT SEIN!
HEEURRH!!
IHR KENNT IHN NICHT, ER HAT SICH SCHON AUS VIEL SCHWIERIGEREN SITUATIONEN BEFREIT! IHRE SCHWACHKÖPFE SOLLEN ALLES BIS IN DIE LETZTE ECKE DURCHSUCHEN. UND IN FUNKKONTAKT BLEIBEN! ABMARSCH!
OKAY! LOS, JUNGS, BEWEGUNG! COMMODORE, LASSEN SIE IHN LOS, ER HAT VERSTANDEN, WORUM ES GEHT!
BLAM!!
NEIN! ER HATTE ES NIE VERSTANDEN, ABER ICH HOFFE, IHR HABT EURE LEKTION GELERNT!
37
DAMOUR 2003

UND WAS JETZT? WOLLT IHR MIR ANGST EINJAGEN ?!!
ER HAT GEGEN MEINE BEFEHLE GEHANDELT. ICH HABE KEINE VERWENDUNG FÜR LEUTE, DIE MEINEN BEFEHLEN NICHT GEHORCHEN! HÄTTET IHR AUCH NUR DIE KLEINSTE CHANCE GEGEN DIE ROTEN GEHABT, WENN TERRA NICHT EINGEGRIFFEN HÄTTE?! IHR LEBT...
... WEIL WIR DAS SO WOLLEN!
HEY, DICKER! DIE TORE DES HANGARS ÖFFNEN SICH. SEID IHR DA GERADE UNTERWEGS?
SIE HABEN ES GESCHAFFT, ZU VERDUFTEN!! SUCH EINEN WEG ZU DEM VERDAMMTEN HANGAR, FRED, UND VERSUCH IHN ZU BLOCKIEREN! SONST ENTKOMMT ER!!
LOS, IHR NIETEN, JETZT HABEN WIR DOCH NOCH ETWAS ACTION. BEWEGT EUCH!
SNIFFF
TSSHH
SCHEISSE, ICH HASSE DAS!
WAS DENN?
DIESE... KAMPFDROGE. DIE SIND DOCH KLAR SCHON KAUM ZU ERTRAGEN... EIN TIPP, KLEINER BRUDER: HALT DICH BLOSS VON TERRANERN FERN...

PPAOOW!!
HALT DICH FEST!!
ES GEHT LOOOOOOOOOO
!!!
OOOOOOOOOOOOOOOOOO...
SIE HABEN EINEN LIFTER GENOMMEN! HOLT SIE DA RUNTER! KNALLT SIE AB!!
SIE SIND ZU WEIT WEG. SIE ENTKOMMEN UNS!!
DAS WIRD SICH ZEIGEN. IHR HABT JA KEINE AHNUNG, WAS MIT EINEM NANO-SKAPHANDER ALLES MÖGLICH IST, IHR BAUERN!
WOOOSHH
WOOOSHH!!
?!!!
ooo!
39

VERDAMMT! WAS MACHT DER BEKLOPPTE DA?!!
BAOOOW!!!!
SCHEISSE, WIR WERDEN KOLLIDIEREN!!
DAMOUR 2003

TU DOCH WAS!!
BLAAAW!!!
BITTE SCHÖN, ERLEDIGT!
MISTKERLE...
BAAAM!!
BRAOOUE
ALLES OKAY?!
NICHTS GE-BROCHEN...
41

UND WAS JETZT?
WIR MÜSSEN VERSUCHEN, IHN WIEDER ZU STARTEN. MIT DEM ABHANG KÖNNTE ES FUNKTIONIEREN…
SOLLTE ABER ZÜGIG FUNKTIONIEREN, DA HINTEN KOMMT MIT GROSSEN SCHRITTEN DER TERMINATOR!
VERDAMMT, WAS FÜR EIN DING IST DAS?!
„EIN NANO-SKAPHANDER DES MILITÄRS."
„SOLCHE DINGER HABEN DIE BLAUEN?!"
DAS IST KEIN MARSIANER. DAS IST EIN AGENT VON DER ERDE!
SCHEISSE! DAS HEISST DOCH…
… DASS SIE UNS SUCHEN, GENAU!
MONTIER ALLES AB, WAS MIT WENIGER ALS DREI SCHRAUBEN BEFESTIGT IST. WIR MÜSSEN SO LEICHT WIE MÖGLICH WERDEN!
HÖR MAL, ICH BRAUCHE HIER NOCH EIN BISSCHEN ZEIT. DENK DIR WAS AUS, UM SIE AUFZUHALTEN!
DENK DIR WAS AUS?! WAS SOLL ICH DENN MACHEN, IHNEN INS GESICHT SPUCKEN VIELLEICHT?!!

WWWOOOAAAA
¡¡¡YEEAAAAHH!!
BLAW! BLAW!
DAS WIRD NICHT LANGE HELFEN! DEN ANDEREN IRREN KANN ICH MIT DIESEM SPIELZEUG NICHT AUFHALTEN!!
SPRING AN! SPRING SCHON AN!!!
BENG!
KLANG!
?!!
KLANG!
KLANG!
KLANG!
WIR HABEN KEINE WAHL, STEIG EIN!
SCHEEEISSE!!
DEN ANLASSER!! DRÜCK DEN ANLASSER!!
WIR WERDEN SCHNELLER!!
43
DAMOUR 2003

SIE SIND ERLEDIGT !!
SPRING DOCH AN, BIIIITTE !!
FBBRRR...
?!!!
BRRRRRFFFFFT
BBRRRRRRRFFTTTTT
YYYEEEPPEY!!
PFFFF
HHUUURRA!!
DIESE SCHWEINE!!

VERSUCHEN WIR'S?
SELBST EIN NANO HAT SEINE GRENZEN, UND DEINER HAT EINEN SCHLAG ABBEKOMMEN. WENN WIR UNS DA UNTEN ALLE KNOCHEN BRECHEN, KOMMT UNS NIEMAND SUCHEN. DIE BAUERN SOLLEN EINEN ANDEREN WEG FINDEN.
SEI KEIN SPIELVERDERBER, DICKER!
FRED! NEEIN!
TOMP!
WIE SIE GESAGT HABEN, NIEMAND WIRD IHN SUCHEN.
45
DAMOUR 2003

FORTSETZUNG FOLGT...